Sœurs de sable

Du même auteur

Romans & nouvelles

Le Clos Lothar, Zulma, 2002 et « Points » n° 2085. Prix du Jury Jean-Giono, Prix Emmanuel-Roblès.

Orkhidos, Zulma, 2004.

Le Fou de Printzberg, Anne Carrière, 2006 et « Points » n° 1757.

Le Contemplateur, Anne Carrière, 2007.

La Nuit de Fort-Haggar, Seuil, 2009.

L'Idole noire, Éditions du Moteur, 2011.

Sheridan Square, Seuil, 2012. Prix de la Ville de Deauville.

L'Insolite évasion de Sebastian Wimer, Serge Safran, 2016.

Dernière valse à Venise, Serge Safran, 2017.

Sœurs de sable, Rivages, 2021 ; Rivages poche, 2022.

Livrets & arguments

Triptyque, mélodies. Musique de Richard Dubugnon. Royal Academy of London, 1999. CD Naxos, 2017.

Le Voyage écarlate, cycle de mélodies. Musique de Richard Dubugnon. Péniche Opéra, 2002.

Cantata oscura, cantate. Musique de Richard Dubugnon. Espace Cardin, 2005.

Le Songe salinas, symphonie lyrique. Musique de Richard Dubugnon. Théâtre des Champs-Élysées, 2009. CD Naxos, 2017.

Les Miroirs de la ville, cycle de mélodies. Musique de Thierry Escaich. Festival Symphonies d'Automne, 2013.

La Reine, argument de ballet. Musique de Joseph Haydn. CD Aparté, 2016.

Entretiens

Larry. Une amitié avec Lawrence Durrell, entretiens avec Gemma Salem, Baker Street, 2019.

www.stephaneheaume.com

Stéphane Héaume

Sœurs de sable

Rivages

Retrouvez l'ensemble des parutions
des Éditions Payot & Rivages sur

payot-rivages.fr

Pour Pedro

En hommage à Léon Baille

À la mémoire de Gemma Salem

et de Nina Beskow

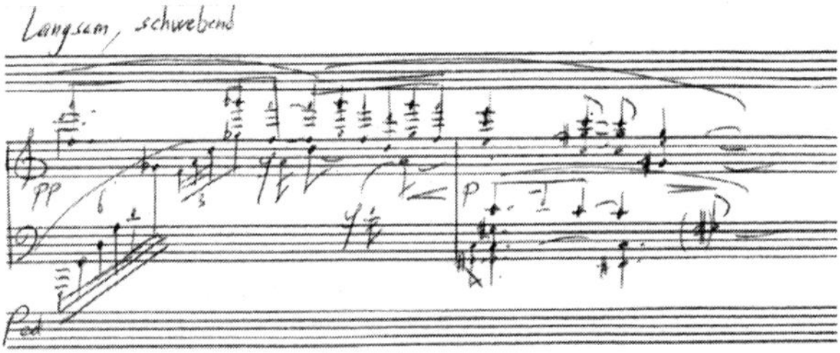

Franz SCHREKER (1878-1934)
Symphonie de chambre (1917)

« C'est dangereux d'introduire chez soi,
la nuit, des inconnus. Je vous avais prise
pour une déesse et vous n'êtes qu'une putain. »

William Somerset Maugham
Il suffit d'une nuit (1941)

LA LIGNE DE SUBMERSION

Une nuit sous-marine avait éteint les feux des palais de Portfou. Il ne restait qu'un essaim de lumières accroché aux fenêtres lointaines de la station, plus haut, dans la montagne. La baie n'embrassait plus que des ombres sages, voiliers au mouillage, digue déserte, le croissant de la plage, au loin, enfoui sous la lame noire de l'eau. Et tout était noir autour d'eux, noir et lisse, calme. Rien ne pouvait révéler la présence de leur barque, barque lourde, si lourde au large du cap de la Lanterne. Minuscule, perdue dans cette mer sans garde-corps. Portfou leur semblait une crique vacillante, une luciole, là-bas. Vision fragile. Nuit fragile malgré la chaleur qui n'avait pas diminué – il faudrait attendre l'aube. Cela leur paraissait une éternité. Dans le clapotis complice, la barque avançait, lente. Pas de moteur.

Une heure qu'il ramait, lui, constant, le geste régulier, sûr de la direction. Il s'épongeait parfois le front. La nuit posait sur son visage un masque de Charon. Oui, il ramait ; c'était puissant mais discret, c'était enveloppé d'étoiles, nu contre le ciel, c'était plein de leur aventure dangereuse, c'était vivant, en somme, oui, bien vivant.

Elle, assise à l'autre bout, elle ne le regardait pas. Son visage camouflé sous un voile épousait l'horizon. Il y avait quelque chose de rigide en elle – cela ne lui ressemblait guère ; mais non, elle ne le regardait pas, peut-être l'avait-elle trop regardé depuis tout ce temps. Ce soir, cette nuit, dans cette barque, elle l'évitait. Elle serra son châle de toile fine. Des effluves de parfum s'abîmaient quelque part dans l'atmosphère étouffante. Ça venait de la terre, un parfum de figues et de lauriers-roses, il y en avait tant dans les ruelles de Portfou, dans les jardins, sur le toit des petites maisons blanches ; il y avait même des variétés sauvages aux balcons des demeures abandonnées qui s'étageaient jusqu'au sentier des douaniers – du côté de la frontière.

Brusquement, elle eut envie de s'asseoir à côté de lui, de prendre sa main pour ramer avec lui de toutes ses forces tremblantes. Le firmament passé au marbre de la nuit refréna son désir. Jamais elle ne s'était sentie aussi étrangère, détachée de Portfou ; elle flottait dans une eau illuminée de petites bulles qui venaient éclater à la surface, laissant échapper un invisible poison. Le poison de Portfou, ce charme vénéneux qui l'avait ravie à sa petite existence.

Le temps... Depuis combien de temps leur barque avait-elle quitté la calanque de Fanal Terrace ? Il y eut comme un frisson sur la mer. Coup d'arrêt des rames. Et puis un silence, un silence d'un autre ordre.

Ils entraient dans la zone recherchée. Les coordonnées l'indiquaient. Un miracle. Grâce à lui, à son obstination qui n'avait pas faibli. On ne distinguait plus la station. Toute la nuit s'était ramassée sur la barque, sur eux, en eux – malgré la peur.

Dans l'obscurité, ils éprouvèrent la *présence* de ce qui surgissait à quelques mètres, au milieu du nulle part de cette mer sans vagues. C'était là. Gigantesque. C'était noir et ça crevait l'eau autant que le ciel. Deux blocs de pierre tombés dans l'immensité. L'un sur l'autre et l'un contre l'autre. C'était aussi haut qu'un paquebot, sombre comme des blockhaus, de la pierre, du béton – qu'était-ce ? C'était abrupt, ça fendait l'horizon en oblique, deux météorites s'adossant dans tout leur mystère granitique. Progressivement, la barque entra dans leur ombre. L'eau faisait des remous, une faible ébullition courait le long de leur ligne de flottaison qui était une ligne de submersion. Ne pas prendre peur – pas maintenant.

Sans parler, elle chercha finalement son regard à lui, presque implorante, protège-moi, qu'avons-nous fait ? Il s'était levé, déposant l'une des rames dans le fond de l'embarcation, et se posta à la poupe pour godiller. La barque contourna les icebergs noirs, vers le large. Une sorte de lueur, très faible, semblait surgir des entrailles de la pierre. La barque se faufila dans l'enchevêtrement des blocs qui formaient des portiques magnifiques, les tympans déchaussés de temples engloutis. Il y avait là une ouverture qui conduisait *à l'intérieur*.

Tous les deux, à présent, ne se quittaient plus des yeux. Chacun y lisait l'appréhension de l'autre. Le moment était venu. Des profondeurs montait toujours cette lueur, plus blanche, luminescente. L'eau respirait de tout son poumon de cristal et l'on pouvait distinguer, au fond de l'onde, un voile de lumière qui s'échappait d'autres blocs de béton, des lamelles, les membranes de cette pierre vivante tombée dans le vide sous-marin. Depuis que Portfou s'appelait Portfou, les pêcheurs fuyaient, redoutaient ce site lugubre. On parlait de naufrages, de noyés que la mer ne rendait jamais. Or tous deux étaient là, au cœur de cette passe sans sirènes.

Ils levèrent le visage vers le ciel, aperçurent à travers une fente le glissement impalpable de l'aube prête à éclore. L'heure fatale sonnait. Sans un signe, sans un mot, ils surent que le moment était vraiment venu.

Alors ils se penchèrent en avant vers le fond de l'embarcation et s'emparèrent du corps étendu là.

Barque lourde.

Aux poignets, aux chevilles et même autour du ventre, les lests tiendraient bon. Les pierres retourneraient à la pierre, pierre engloutie, pierre gangrenée du poison de Portfou.

Cela ne dura pas longtemps et ne fit pas de bruit. L'eau s'était écartée. La lumière avait aspiré le corps – vraiment ce fut rapide, ils en restèrent surpris. Ils se regardèrent, soulagés et saisis. Deux statues exhumées du passé. Puis la barque, lentement, retourna à la nuit.

ÉTÉ INDIEN

I

Amelia Lambertini
Récit retrouvé, 2018

Il avait beaucoup neigé, cette nuit-là. La ville n'était plus qu'un amas de blocs de glace, les toits, les balcons, les façades étaient comme fichés dans le bitume immaculé ; on aurait dit d'immenses météorites. Je m'étais levée tôt, je voulais voir ça, les berges, le fleuve, la cathédrale. Un dimanche pas comme les autres. Après ce pénible déménagement, j'aurais préféré dormir tard pourtant j'étais sortie. C'est là que ça a commencé. Il faut que je note tout.

Sur les quais, des promeneurs matinaux capturaient dans leur téléphone des images instantanément partagées avec le monde entier. J'ai pris aussi quelques photos, mais avec mon vieux Pentax et pour moi seule. Toute chose était désormais si vite oubliée ; tout fuyait, mort-né, tout juste éclos mais déjà fané – moi aussi j'avais fui et recherchais l'oubli. Je n'avais pas voulu, à l'époque, consigner le récit des mois qui avaient suivi ma rupture avec Gilles. Les déménageurs, les cartons, la paperasse… Le vide. Il ne reste plus grand-chose de cette période brumeuse sinon une silhouette, celle d'un vieil homme qui tournait au coin de ma rue, le visage dissimulé sous un grand chapeau texan.

*

De retour de ma promenade d'hiver, je l'avais aussitôt repéré, avec ses sacs de courses et sa baguette de pain. Ce n'était pas la première fois que je le croisais. À deux ou trois reprises, nous nous étions retrouvés à la caisse du supermarché. Sa douceur, ses gestes précautionneux et sa voix, surtout, m'avaient frappée. Une voix si pâle, effacée, surgie d'une vie déjà lointaine.

La dernière fois, il avait déposé devant la caissière deux yaourts, des raviolis, une bouteille de jus d'ananas et un sachet de cotons-tiges. Son imperméable était noirci aux manches ; pourtant il se dégageait de son port une sorte de grâce, un refus de la vieillesse que ses longs cheveux blanchâtres ne pouvaient effacer (ils dépassaient du chapeau, s'enroulant dans les plis d'une écharpe de laine verte qui n'était pas toute neuve). Il avait réglé avec un billet, sans se retourner – aucune raison à cela et cependant j'aurais aimé qu'il me regardât –, puis il s'était éloigné dans la rue, vers le numéro 27.

Je l'avais rejoint deux minutes plus tard. Il habitait au-dessus de mon nouvel appartement. Une chambre de bonne, m'avait dit le gardien ; il perdait un peu la boule, il était dans l'immeuble depuis la nuit des temps avec son imperméable, été comme hiver, et son chapeau texan.

*

Un matin, de bonne heure (j'avais une réunion à huit heures à la rédaction du journal), je l'avais vu sur le palier vider une sorte de broc en plastique dans un ancien lave-mains en faïence. Un liquide jaune dont l'odeur ne laissait place à aucun doute. Il avait rincé son ustensile, prenant son temps car il ne m'avait pas entendue. Un peu sourd, le bonhomme. Il s'était finalement retourné. Ses yeux s'étaient remplis de honte. Je l'avais salué ; il avait à peine répondu, d'un signe de tête, bouche ouverte, serrant son broc contre son gilet de laine avant de disparaître dans l'étroit escalier qui conduit aux chambres de bonne. Son visage tout entier m'était apparu ce matin-là. Des yeux d'un bleu diaphane (les yeux d'Ella Maillart), le nez droit et mince, des rides uniformes sur ses joues, sur son front haut, autour de ses lèvres qui avaient remué sans proférer un son. Il pouvait avoir quatre-vingt-dix ans.

Une autre fois, il était entré dans l'immeuble juste après moi. Il m'avait vue ouvrir la porte de l'ascenseur mais s'était arrêté devant les boîtes aux lettres, faisant mine de retirer son courrier qu'à cette heure le facteur n'avait pas pu déposer. En retrait. Gêné. Loin du monde. Son regard avait croisé le mien, ç'avait été fulgurant, il s'était aussitôt réfugié du côté des poubelles. J'avais fini par appuyer sur le bouton de l'ascenseur.

*

Ce fameux dimanche, son fantôme s'était aventuré dans la ville enneigée. Sacs de courses au bout des bras, il approchait de la porte cochère. À petits pas mesurés. Son chapeau luttait contre le vent glacial. Par ce temps, il avait fait des provisions pour un moment, plusieurs sacs remplis prêts à craquer. Ainsi encombré, composer le code de l'immeuble ne serait pas simple. Il fallait lui faciliter la manœuvre. Je me hâtai, mais il y eut une bourrasque et son écharpe verte recouvrit son visage.

Brusquement déséquilibré, il glissa sur la neige, s'étala de tout son long, lâchant ses provisions, mains en avant, sans un cri, comme acceptant cette fatalité. Un sac s'était crevé, les autres déversés sur le trottoir, des oranges sur la chaussée, des briques de lait, des boîtes de conserve et de la pâtée pour chat bien qu'il n'eût pas de chat.

N'importe qui aurait fait comme moi : je me suis précipitée vers lui. Je l'ai aidé à se relever. Il protestait en faisant non de la tête, l'air paniqué, avec des yeux d'enfant pris au piège.

Oui, j'ai ramassé son chapeau et le lui ai tendu – il s'en est aussitôt coiffé comme d'un secret retrouvé. Je l'ai soulevé par le bras ; l'imperméable glissait sous ma peau froide. Oui, j'ai ramassé ses courses. Tout le monde l'aurait fait. Code composé, porte cochère poussée – si lourde ! Nous nous sommes avancés sous le porche, sur les pavés que la neige n'avait pas recouverts, un îlot préservé au cœur d'un monde partout ailleurs englouti.

Sans parler, nous avons pris l'ascenseur. Ses yeux ne m'ont pas fuie. Pour la première fois, il m'a dévisagée, le regard plein de bonté et de reconnaissance. Il m'a souri. Et puis, je ne sais pas pourquoi, spontanément, je l'ai suivi. Là-haut. Dans sa petite chambre de bonne. Il flottait dans le couloir un parfum de figues et de lauriers-roses.

II

Rose St Just
Portfou, 1958

La mer écrasée de soleil lui brûlait les yeux. Il était tôt, pourtant, à peine six heures, car Rose voulait jouir des dernières fraîcheurs de l'aube avant le retour de la canicule. Elle éteignit sa cigarette sur la dalle de ciment du balcon, quitta le fauteuil et s'approcha mollement de la balustrade à laquelle elle s'accouda. Nouveau vertige. Elle porta la main à ses lunettes noires et se stabilisa dans l'ombre de la terrasse supérieure, ce dernier étage qu'il faudrait bien un jour débarrasser.

Elle hésitait à descendre dans la cuisine boire un verre de vin, juste un, le premier de ce jour nouveau, le premier du matin ; mais elle résista et se mit à scruter l'anse de la station en contrebas. La plage était encore déserte. Au port, pris dans la lame luisante de l'eau déjà tiède, les voiliers amarrés ne tanguaient pas, et cela avait quelque chose d'inquiétant car à cette heure se levait toujours une brise qui s'enroulait dans les haubans, faisait claquer les drisses – martèlement obsessionnel dans le cri des martinets nichés au creux de la charpente, ce cri strident qui piquait ses nuits, ses cauchemars, la moiteur de ses insomnies à répétition.

Ce matin, tout semblait immobile. Ce n'était pas normal. Il y avait bien, à demi dissimulées sous les tamaris et les cyprès de la promenade des Italiens, assises sur des bancs, deux ou trois silhouettes avec leurs chiens, mais Rose ne les reconnut pas. C'était trop éloigné, trop flou. Elle voyait mieux le croissant blond de la plage niché au pied du quai principal où s'alignaient les boutiques encore fermées et les restaurants. Bientôt, d'autres silhouettes y viendraient pour se dévêtir, s'enduire de crème, s'allonger, se baigner – rituel avide en cette fin d'été.

Une goutte ruissela sur la nuque de Rose, glissa le long de son cou, descendit au creux de ses seins sous la chemise de nuit ; elle ne l'essuya pas. Elle serra ses cuisses. L'humidité et la chaleur revenaient. Il fallait sans tarder fermer les persiennes de l'hôtel. Son rituel à elle : elle s'enfermait quand d'autres se déshabillaient. Cela lui prendrait une bonne heure.

Vingt-sept chambres, cent soixante-deux persiennes, ce n'était pas une vie, matin et soir, pour maintenir une fraîcheur intermittente. Elle ouvrait et refermait les pétales de son malheur ; et chaque soir, exténuée, elle se maudissait d'avoir accepté l'héritage empoisonné. Ses nuits solitaires revisitaient le bureau du notaire, à New York, cet hiver-là, son sourire affable sous les moulures du plafond, ses petits doigts nerveux qui couraient sur des piles de dossiers. Pourquoi avait-elle accepté ? Pour se hisser au même rang que Liz ? À trente-neuf ans ? La peur de paraître lâche ? Liz assise bien droite dans son petit tailleur Dior, elle en était si fière. Certains journaux de mode parlaient encore de la mort récente du couturier.

« Oui. » Liz avait dit « oui », tout de suite, sans réfléchir, mais à vrai dire, elle réfléchissait si peu, tout lui était égal, la vie lui souriait, elle était venue chercher sa villa comme on récupère une robe chez le teinturier. Alors Rose avait dit « oui », elle aussi – non par mimétisme mais par esprit de compétition, sans doute, compétition de toujours qui avait fait d'elles deux étrangères, deux rivales de cinéma.

Cet oncle de Boston, elles l'avaient vu peut-être une dizaine de fois, petites, guère plus. À Noël, il leur envoyait des livres reliés en peau et des chocolats écœurants, de courtes lettres le restant de l'année ; il annonçait subitement sa venue avant d'annuler à la dernière minute. Les parents de Liz et de Rose affichaient alors une déception toute feinte. Pendant des décennies, l'oncle de Boston était resté une sorte de mystère. Il était d'une beauté scandaleuse. On le disait perdu pour les femmes. Maintenant qu'il était mort, il était perdu pour tout le monde.

Le notaire s'était contenté de montrer à Liz une photo récente de la somptueuse villa moderne qui lui revenait. À Rose, il avait tendu une carte postale en noir et blanc représentant un curieux bâtiment, et sur laquelle on pouvait lire :

La Corniche du Rayon Vert
Hôtel de luxe à Portfou
À 700 m de la frontière
Cinéma – Casino – Piscine – Terrain de tennis
Restauration à toute heure

Elles avaient dit « oui ». Signatures. Pas un regard. New York les avait aussitôt ravalées dans ses sirènes et sa grande frénésie.

Le téléphone sonna quelque part dans l'hôtel.

Sonnerie grêle dont l'écho montait d'étage en étage dans les vastes pièces vides. Sans même ôter ses lunettes de soleil, Rose se précipita dans le couloir encore tiède de l'après-midi précédente, courant devant les portes closes des chambres 26 à 20, dévala le grand escalier qui conduisait vers le hall, prenant soin de ne pas glisser sur le marbre des marches descellées, chemise de nuit froissée, poings serrés, priant pour que la sonnerie continuât, s'engouffra au premier étage dans le patio dont elle traversa la lumière orangée – remarquant au passage un martinet mort au pied de la vieille horloge (il avait dû entrer par le carreau cassé de la coupole) –, poursuivit sa course le long des chambres 10 à 19 et ouvrit à toute volée la porte vitrée de son bureau-refuge avant de s'affaler sur la méridienne où tremblotait un téléphone en bakélite. Elle décrocha. Souffle appuyé. « Allô ? » Les hauts portraits accrochés dans cette pièce aux rideaux tirés semblaient la fixer de leur regard craquelé. Rose alluma une lampe sans abat-jour qui penchait dangereusement sur un guéridon. « Allô ? » répéta-t-elle. À l'autre bout, des grésillements. Le silence. Puis une voix reconnaissable entre toutes.

« Rose ? Gerald à l'appareil. Je ne vous réveille pas ? Vous êtes matinale, si je ne m'abuse.

– Gerald ! Il est six heures du matin ! Où êtes-vous ?

– En Australie, à Sydney. Je savoure un Montecristo dans le fumoir de l'Australia Hotel. Tout le monde parle de la venue de la reine Élisabeth. Je suis officiellement en vacances mais, rassurez-vous, je continue à régler quelques affaires.

– Ravie d'être une de vos “affaires”.

– Rose, vous êtes dure avec moi. Nous faisons du *business*, tous les deux, pas des parties de bridge. Ni la bringue ! À votre voix, d'ailleurs, je devine l'heure à laquelle vous vous êtes couchée. Ça sent le vin blanc ici jusque dans la baie.

– Gerald, je raccroche.

– Rose, Rose ! Je vous taquine.

– Qu'est-ce qui vous amène ? Mes ventes ont doublé ? J'ai été adaptée au cinéma ? Je suis traduite en grec ancien ?

– J'ai bien peur, au contraire, de ne pas apporter de bonnes nouvelles.

– Allons bon !

– J'aurais aimé vous l'annoncer en face, mais les relevés ont été envoyés. Alors je préfère vous prévenir avant que vous ne les receviez. Vos ventes ont chuté de plus de 50 %. On ne passe pas la barre des trente mille. Je suis catastrophé.

– Quoi ? Mais que s'est-il passé ? J'ai eu toute la presse possible ! Une télévision, des radios !

– Je sais, je sais. Les temps changent... Notez que j'ai toujours eu un doute sur l'intrigue. On a fait ce qu'on a pu mais ça n'a pas suffi. Les premiers lecteurs, vous savez... Une déception est vite colportée. Compliqué... C'est toujours une alchimie, une rencontre entre un auteur et son lectorat...

– Oh, épargnez-moi vos salades ! Je les connais par cœur depuis quinze ans !

– Vous comprendrez, Rose, que dans ces conditions je sois obligé de revoir à la baisse l'à-valoir du prochain. Et considérablement, vous m'en voyez navré. Nous devons nous aligner sur les ventes réelles... Nous vous réglerons en trois fois... Mais rassurez-vous, la célèbre Rose St Just ne perd rien de sa renommée.

– Vous n'allez pas me faire ça, Gerald ! Je viens de vous envoyer le nouveau manuscrit.

– Je suis en train de le lire... Surtout ne me demandez pas ce que j'en pense, je n'en suis qu'au début.

– Nous allons surprendre les lecteurs avec celui-là. Faites-moi confiance.

– Compliqué, Rose, compliqué…

– Gerald ! J'ai tellement besoin de cet argent ! J'ai dû vendre mon petit appartement de West Village…

– Eh bien alors !

– Mais je dois retaper l'hôtel, ici, avec le théâtre, le tennis, la piscine… C'est un gouffre : toute la vente de l'appartement y est passée. Aujourd'hui, West Village, ça ne vaut plus rien, vous savez, et vous n'imaginez pas combien je vais devoir encore dépenser !

– Rose, Rose… Mon directeur financier est formel. Vous le connaissez : on ne peut plus se permettre…

– Vous ne pouvez pas me faire ça, avec tout ce que j'ai apporté à la maison d'édition depuis des années !

– Rose, Rose. C'est compliqué, vraiment… Attendez… Un télégramme… *Merci*… C'est Perkins. Il vient de recevoir le prix Fitzgerald ! Je dois l'appeler immédiatement. À bientôt, Rose, je vous rappelle, je vous rappelle. Promis. »

Pas une respiration. Voix sectionnée. Tonalité intermittente, battant le vide, l'Australie soudain renvoyée à l'autre bout d'une mappemonde.

Rose s'effondra. Elle ne prit pas la peine de raccrocher, s'affala sur la méridienne. Tout son corps s'était mis à trembler. Sa chemise de nuit, dont l'ourlet s'était pris dans une rangée de clous déchaussés, se déchira jusqu'à mi-cuisses, dévoilant sa peau fine, une peau de jeune fille longtemps protégée des agressions d'un soleil trop fort. Rose pleurait en silence. Par hoquets – hoquets de rage, hoquets de soudain désespoir qui la secouaient de façon irrégulière et composaient avec la tonalité alternative du téléphone toujours décroché une sorte de ballet, le ballet mécanique d'une poupée désarticulée.

D'un geste brusque, Rose finit par se redresser, abattant l'odieux combiné sur son socle noir, et ramena le pan de sa chemise de nuit sur ses jambes. Au loin, dans la demi-pénombre de la pièce, elle aperçut son reflet dans un miroir : les cheveux d'une Méduse, les yeux cernés, toute grâce s'éteignant de jour en jour à force de solitude, de vin blanc et bientôt d'épuisement devant le chantier titanesque qui l'attendait ; mais elle irait jusqu'au bout. La voix de Gerald se mêlait à la vision des factures, aux visages des entrepreneurs paresseux qui peinaient à restaurer la salle du casino, au sourire méprisant de Liz songeant à sa *pauvre* sœur.

Rose renifla. Elle se cambra sur la méridienne et regarda le tableau accroché au-dessus du miroir. C'était un portrait en pied d'un très beau jeune homme qu'elle avait trouvé dans cette pièce à son arrivée. Il l'avait toujours attirée. Rose avait tenu à arranger cette ancienne chambre (où il n'y avait d'ailleurs plus de lit) en tout premier ; ce serait son QG. Elle y avait placé son bureau devant les rideaux de popeline pourpre presque toujours fermés et avait rassemblé tous les portraits dénichés çà et là dans le bâtiment pour se créer une famille secrète qui veillerait sur elle aux heures difficiles. Aux heures difficiles ? On y était. Et Rose revenait toujours à cet homme, le *Dr Pozzi chez lui* (pouvait-on lire sur une plaque dorée), à son regard romantique, belle stature élancée, main sur la poitrine, dans une robe de chambre écarlate délicatement nouée à la taille et qui paraissait sortir du cadre. L'œuvre était signée John Singer Sargent. Une copie réussie que l'oncle de Boston avait dû chiner Dieu sait où. Le beau Dr Pozzi redonnait du courage à Rose. Oui, Rose St Just se battrait. La Corniche du Rayon Vert renaîtrait. Retrouverait sa splendeur. Quel qu'en fût le prix – au diable cet hypocrite de Gerald ! Rose dénicherait l'argent, lancerait des souscriptions dans une grande traque aux mécènes ; Liz verrait de quoi elle était capable.

Après être restée assise là près d'une heure, perdue dans ses réflexions, elle se leva, déplissa sa chemise de nuit et quitta cette pièce qu'elle avait baptisée le « salon du Dr Pozzi ». Elle se dirigea vers les cuisines, à l'office, où elle se versa un verre de blanc, un châteauneuf-du-pape Vieux Télégraphe ouvert la veille. L'épreuve des persiennes l'attendait ; Rose croyait se donner du courage mais une colère sourde rampait en elle depuis sa conversation avec l'éditeur. « J'ai des envies de meurtre », se dit-elle en se resservant – et cette idée saugrenue la fit rire, assez fort, longtemps, dans les couloirs de l'hôtel désert.

III

Rien. Rien ou presque, dans cette chambre de bonne minuscule. Un lit militaire, une plaque de cuisson charbonneuse, un guéridon et, sous une unique lucarne, un fauteuil crapaud recouvert d'un plaid marron. Il rampait là une odeur, mon Dieu ! une odeur de renfermé et de vieillard. Aux murs, une quantité d'étagères abritaient toute une panoplie d'objets divers, des livres, une bouilloire, un calendrier jauni des P.T.T., une bouteille bleu nuit, des dizaines de disques vinyles 33 tours, un vase, plusieurs paquets de purée de pommes de terre en flocons, un poste de radio et, dans un coin, près du guéridon, un grand tourne-disque au-dessus duquel pendait un miroir de barbier, entouré de photos encadrées. Pas de télévision.

Malgré l'impression de désordre, il émanait de ce curieux agencement quelque chose de soigné, voire de *sacré*.

L'homme au chapeau texan avait déposé sur le lit ses provisions. En soufflant. J'étais un peu écœurée par les effluves qui émanaient du matelas, ou peut-être des tiroirs dissimulés dessous ; je n'osais imaginer ce qu'ils contenaient… Imitant mon voisin énigmatique, j'alignai sur l'édredon de laine les boîtes de conserve sauvées du désastre. Je ne pus m'empêcher d'ouvrir la lucarne. Air glacial soudain dans la pièce. Le vieil homme se retourna. Sous son chapeau, ses yeux clairs exprimaient l'étonnement. Il resta un moment à me dévisager ; puis il m'adressa enfin la parole de sa voix douce, un peu féminine. Il chuchotait.

« Merci », dit-il simplement.

Un léger accent étranger. Je ne répondis pas, me contentai de sourire. Il regarda la lucarne ouverte et ajouta, timide, comme s'il redoutait de parler :

« Vous avez bien fait. Je n'ai pas eu le temps d'aérer, ce matin. »

Il se massait le coude.

« Vous êtes blessé ? demandai-je pour ne pas laisser s'installer le silence.

– Oh, non. Non. Je ne m'y attendais pas, c'est tout. »

Il ôta son chapeau, l'accrocha à une patère fixée au-dessus de son oreiller ; puis, avec des gestes lents, il retira son imperméable pour le suspendre derrière la porte. Il y avait quelque chose en lui d'*effaré*, mais je ne savais pas si cela tenait à ma présence ou à l'incident qu'il tentait de minimiser.

Comme je m'apprêtais à quitter ce lieu misérable, il s'empara d'un flacon et vaporisa tout autour de nous, à petites pressions, un parfum que je reconnus. Figues et lauriers-roses. Le parfum du couloir.

« C'est mieux, n'est-ce pas ? » fit-il en souriant, le bras toujours tendu vers le plafond.

Contre toute attente, ce sourire découvrit des dents étonnamment blanches, d'un dessin parfait. Une flamme s'alluma dans son regard. Quelque chose s'était produit. Il me dévisagea à nouveau, d'un air plein de *reconnaissance*. Mais ce n'était pas de la gratitude, cela tenait du ressouvenir. J'en étais gênée. Je voulais partir d'ici. M'effleurant le bras, il articula lentement, avec dans la voix une vibration qui soulignait une parole pour lui extraordinaire :

« Voulez-vous un thé, mademoiselle ?... Pour vous réchauffer ? »

La curiosité ; l'envie de fuir. J'étais prise entre les deux. Je redoutais le piège. La méfiance, depuis Gilles, était presque devenue une seconde nature. Je compris, bien des années après, qu'il m'invitait dans son monde, à la lisière de son secret. Un vague pressentiment me dictait de partir – trop tard : il m'indiquait déjà le fauteuil crapaud, asseyez-vous, je vous en prie. Je murmurai un remerciement en ajoutant que je ne pouvais rester longtemps, du travail m'attendait.

« Du travail, un dimanche ?

– Oh, c'est mon métier ; vous savez, cela ne s'arrête vraiment jamais.

– Ah bon ? Quel métier, mademoiselle ? »

J'hésitai. Journaliste ? Photographe ?

« Chroniqueuse, je suis chroniqueuse dans un magazine, *Babou & the City*, un magazine féminin. »

Il laissa échapper un « ah ! » à la fois traînant et énigmatique. Il s'agitait avec sa bouilloire électrique, penché du côté des étagères dans lesquelles il farfouillait ; il n'y avait pas cinquante centimètres entre nous. La conversation tomba. C'est qu'il était concentré sur sa tâche formidable, scrupuleux, soigneux de tout. Il prenait son temps.

Je regardai les photos accrochées autour du miroir de barbier. Des photos anciennes aux couleurs passées. Un format assez grand. Suffisamment pour distinguer le sujet des clichés : une femme ravissante. Toujours la même, la quarantaine, un bandeau couleur saumon autour de ses cheveux blonds. Et une lumière douce émanant de son visage ; cela venait des yeux clairs, de la pose élégante, de son sourire. Elle avait le même âge (ou à peu près) sur toutes les photos. Aucune d'entre elles ne la montrait plus âgée, ne serait-ce que de quelques années. Le vieil homme avait disposé ces clichés tout autour du miroir, si bien que lorsqu'il regardait son propre reflet, il devait voir le visage de cette femme telle une constellation. Juste au-dessous trônait l'électrophone. Un disque était positionné sur la platine. Je devinais la musique s'élevant vers le visage de l'inconnue, vers le vide du miroir qui ne reprenait vie que lorsque le vieil homme s'en approchait. Son théâtre invisible.

Voilà que je m'inventais déjà des histoires… Je demandai à brûle-pourpoint :

« Vous aimez la musique, n'est-ce pas ? »

Il toussota, se tourna de trois quarts et s'assit sur le lit en soufflant. La bouilloire sifflait. Ce fut à son tour de ne pas répondre ; il se borna à sourire.

« Je n'ai que du Earl Grey, mademoiselle. Ce n'est pas bien original… Ça ira ? »

J'acquiesçai. C'était un accent anglais. Ses cheveux blancs lui faisaient la tête d'un vieil acteur, et je me dis que c'en était d'ailleurs peut-être un ; mais je me gardai bien de poser la question. Les photos de cette femme avaient piqué ma curiosité. Brusquement, j'avais envie de savoir qui elle était. Ou qui elle avait été. Ce qu'elle avait représenté pour lui. Lui qui finissait ses jours dans cette chambre. Mon éducation m'empêchait d'aborder trop directement le sujet. Je venais d'échouer avec la musique, il me fallait autre chose. Nouvelle tentative :

« Vous êtes photographe ? Je vois là de beaux encadrements… »

Le vieil homme écarquilla les yeux, resta sans bouger un instant, « oh, non, non », murmura-t-il, pétrifié, puis il se leva et me tourna le dos. Trop longtemps. Ce n'était pas la préparation de la théière qui le retenait ainsi. Un silence.

Je scrutai les clichés. On distinguait un arrière-plan généralement flou ; mais sur l'un d'eux, il y avait – et c'était très net – un vaste bâtiment, blanc comme de la craie, avec une inscription. Des bougainvilliers et une multitude de plantes colorées dans des pots bleus longeaient la façade. Il y avait une terrasse, de grands parasols, des tables, des clients.

Lorsque mon hôte se retourna, je vis ses yeux rougis et ses mains qui tremblaient. Il m'apporta une tasse fumante qu'il posa sur le guéridon.

« Tenez. Votre thé. »

Une lueur de joie traversa son regard, balayant les souvenirs que j'avais réveillés. Il leva la tête vers la lucarne.

« Ne prenons pas froid », dit-il sur un ton devenu paternel.

Me tournant le dos, il tendit sa main vers la targette de la petite fenêtre pour l'actionner. Alors, dans un élan fulgurant qui me surprit, je tirai de ma poche mon téléphone portable et photographiai le mur couvert des portraits de la femme au bandeau. Aujourd'hui encore, je ne sais pas pourquoi j'ai fait cela. J'ignorais bien sûr où cela me conduirait.

Le vieil homme ne m'avait pas vue faire. Il se rassit sur le lit. Dehors, la neige tombait de nouveau sur la ville.

IV

Le clocher de Portfou sonnait huit heures lorsque Rose eut achevé son pensum, toute moite de s'être tant agitée. Elle regagna calmement sa chambre du deuxième étage, à l'extrémité sud du bâtiment. Le parfum des bougainvilliers et des lauriers-roses emplissait la pièce à cette heure si particulière du jour où le soleil à présent découvert caressait la crête des plus hauts massifs. À cet instant précis, toutes les fleurs, tous les fruits de Portfou embaumaient l'air tiède de leurs arômes mêlés. Il y avait, dans ce nouveau jour, quelque chose qui tenait de la promesse, de l'éveil des sens ou d'un appel intime encore nimbé d'incertitudes, Rose n'aurait su dire. Cela lui échappait. Cela lui avait toujours échappé.

Elle sortit sur le balcon, chercha ses cigarettes – le paquet était vide –, retourna dans la chambre et fouilla dans la coiffeuse devant laquelle tant d'autres avant elle, toutes des célébrités, s'étaient assises. Elle ouvrit le tiroir de gauche rempli de bobines de fil, de rouleaux de sparadrap, de piles, de pinces à linge ; elle ne savait plus où elle avait rangé sa recharge. Elle ouvrit le tiroir du milieu et tomba sur le revolver acheté avant son départ sur les conseils du notaire.

« Portfou n'est qu'à quelques centaines de mètres de la frontière, on ne sait jamais, avec tous les clandestins qui échappent à la vigilance des douaniers… Notez par ailleurs que La Corniche n'a pas été habitée depuis vingt ans. Imaginez qu'elle soit squattée… Défiez-vous des mauvaises surprises, Mrs. St Just, croyez-moi ! »

Dans le tiroir de droite, Rose trouva enfin ses Vogue. Elle en alluma une. Au loin, un vol de martinets décrivait un cercle foudroyant sur l'horizon fardé d'un roux très pâle, un roux de chaleur, une chaleur imminente. Rose sentait sur ses bras nus la température grimper. Ses lunettes de soleil reflétaient la mer aussi rousse que le ciel. Elle s'accouda à la balustrade et observa l'autre extrémité de la baie, le cap de la Lanterne où se dressait la propriété de Liz. Il lui semblait que des éclats lumineux provenaient de Fanal Terrace.

Elle alla chercher ses jumelles dans l'armoire, se posta dans l'ombre de la terrasse supérieure et scruta la pointe sud de la petite péninsule. Mise au point. Sourcils froncés, Rose balaya la lande jusqu'à capter ce qu'elle cherchait. S'immobilisa.

À demi enfouie sous les pins parasol d'un côté, la villa surplombait la mer de l'autre. Elle formait un angle droit dont le toit plat constituait une immense terrasse, murs blancs et larges fenêtres coulissantes. Justement celles-ci s'ouvraient. Il y avait quelqu'un. On venait de faire glisser les vitres ; Rose n'eut pas à attendre longtemps avant de voir la silhouette de Liz traverser nonchalamment l'enfilade des salons.

Ainsi, elle était venue, à la fin de l'été, comme l'année précédente, sans prévenir Rose – mais pourquoi l'aurait-elle prévenue ? Son Land Rover faisait un petit rectangle jaune dans l'allée de cyprès. Était-elle seule ? Avec son amant du moment ? Depuis la mort d'Antoine dans ce stupide accident de scooter (et Antoine était bien la seule personne au monde qui comprenait Rose), Liz multipliait les aventures sans jamais se fixer, toujours à l'affût. Sa légèreté (ou, pour être plus juste, son appétit) n'était pas qu'une légende. Rose tira une bouffée sur sa cigarette, baissa un peu les jumelles, remarqua un voilier quittant le port au moteur – il n'y avait décidément pas un souffle de vent –, et regarda encore un moment sa sœur reprendre possession de cette villa d'un luxe scandaleux. « Fanal Terrace », quel nom ridicule. Ça ressemblait bien à Liz. Et tout ce personnel qui s'agitait comme des petits chiens.

Rose se sentit brusquement dessaisie de ses privilèges, elle qui régnait toute l'année sur La Corniche du Rayon Vert et, d'une certaine manière, sur l'histoire d'un Portfou disparu. Elle réprima une grimace, détourna ses jumelles vers la plage, plus proche. Déjà les habitués du matin déployaient leur attirail. Rose les reconnaissait, d'une saison à l'autre, depuis trois ans. Les touristes arrivaient beaucoup plus tard, vers midi. Sur la place en contre-haut, toutes les tables de La Langouste avaient été dressées. Au comptoir, le vieil Haxton buvait son café. Le fringant Paul, gominé et tout encostumé mais encore sans cravate, inspectait le planning des réservations pour le déjeuner. Portfou s'apprêtait pour la journée comme une vieille comtesse avant de paraître. Dernier tour de jumelles vers le port.

Rose se figea.

Avait-elle bien toute sa tête ? Elle ajusta une fois de plus les doubles lunettes. Recula davantage dans l'ombre. S'accroupit à moitié. Qui était cet homme ?

Elle ne l'avait pas vu pénétrer dans l'enceinte blonde de la plage. Il avait étendu sa serviette près des cabines et se déshabillait. Il pouvait avoir une petite quarantaine, à peine, le teint mat, les cheveux courts coiffés en arrière, châtain clair, très clair, une barbe de trois jours et ce visage, mon Dieu, ce visage… En ôtant sa chemise d'un geste sûr, il découvrit un corps mince, une taille bien prise, un torse déjà bruni par un été d'ailleurs. Il baissa son short avec précaution pour ne pas le laisser toucher le sable, le rangea dans un sac à dos bleu nuit ;

puis huma l'air chaud de la baie en tournant ses muscles tendus vers la mer sans houle. Rose était pétrifiée. Ce corps, cette stature – ce visage, surtout, la beauté de ses traits –, ces cheveux (bien qu'ils fussent presque blonds), c'étaient ceux du jeune Dr Pozzi.

L'inconnu s'approcha de l'eau ; toutes les ombres du matin enveloppaient ses jambes, son dos, ses bras qu'il massait lentement. Il enfouit ses pieds dans les vaguelettes timides qui venaient mourir sur le sable, avança dans l'eau jusqu'à mi-cuisses, se pencha, s'aspergea la nuque en inclinant le visage à droite et à gauche comme pour se détendre, puis, contre toute attente, il revint vers les cabines et s'étendit sur sa serviette, le corps luisant d'une eau bientôt séchée par le soleil auquel il s'offrait maintenant tout entier.

V

Allan Green. C'était son nom. Du moins, celui qu'il m'avait donné sur le seuil de sa chambre après deux tasses de thé. Nous avions peu parlé. Il avait mis toute son énergie à boire lentement. J'avais épousé son rythme. Ses yeux pâles, ses silences disaient tout. Je pensais à la femme au bandeau. Quelques paroles échangées sur la neige, l'immeuble – rien que de très banal. Il n'avait pas été intrusif, alors que mes nombreuses insomnies et les angoisses passées rongeant mon visage ne pouvaient que lui sauter aux yeux. Il habitait un jardin parallèle, loin du monde. Bref instant d'éternité. Une fois rentrée chez moi, je mis un peu de temps avant de retrouver mes repères. La figure du vieil homme ne me quittait pas.

Je m'installai à mon bureau, ouvris mon ordinateur et y transférai la photo prise dans sa chambre. Je ne m'étais pas trompée : seul l'un des clichés offrait un arrière-plan assez net. Agrandissement.

C'était là, écrit en toutes lettres sur la façade du bâtiment :

HÔTEL-RESTAURANT LA LANGOUSTE – PORTFOU

Le visage des clients restait flou mais les vêtements trahissaient l'époque : les années soixante, environ.

Portfou. Je me précipitai sur Google Earth. En quelques secondes, j'avais localisé ce qui ressemblait à une station balnéaire. Qu'était-elle devenue ?

Le bonheur à Portfou. (Titre de chronique idéal pour *Babou & the City*.) C'était sans doute ce qu'Allan Green avait vécu et ce qui, aujourd'hui, le maintenait à flot.

Très bien. Mon projet se dessinait. J'allais désormais tout mettre en œuvre pour connaître l'identité de la femme au bandeau saumon ainsi que son rôle aux côtés de l'homme au chapeau texan. Je voulais découvrir l'histoire d'Allan Green. Et lui redonner vie. À lui.

VI

L'hôtel-restaurant La Langouste était le plus ancien établissement de Portfou. Initialement Grand Café de la Plage, son enseigne avait été rebaptisée trois ans plus tard pour indiquer aux touristes la spécialité maison. Il faut dire que la pêche à la langouste était aussi la première activité du village frontière lové autour de la baie – une variété de langouste particulière qui s'apparentait au homard car elle était carnivore. Depuis un siècle, il était tenu par la même famille, des Français qui n'employaient que du personnel français. Un accent à couper au couteau, cela faisait partie du charme. Le restaurant – à vrai dire une brasserie – était plus réputé que l'hôtel. Le Tout-Portfou s'y retrouvait. Un aquarium géant (où bien entendu dansaient des langoustes) séparait les deux salles du rez-de-chaussée. Tout n'était que nappes blanches, sols de mosaïque, appliques Art déco, tourbillon de serveurs en tablier. Les figures célèbres réservaient à l'intérieur ; les touristes installés en batterie préféraient la terrasse bondée. Tout cela dans un brouhaha de bon aloi sous la surveillance de fer de la caissière, Caroline, lunettes au front, dont les mille tenues pastel ravissaient les habitués qu'elle embrassait tendrement. On la réclamait. « Caroline, Caroline ! Un bisou, Caroline ! » Sans bisou, point de table. Brasserie de famille, en somme. Brasserie de tous les potins. On écoutait. On colportait. On devinait le scoop. Les antennes n'étaient pas que dans l'aquarium.

Rose était assise à sa table, à l'intérieur (quel que fût le temps), la table 20, toujours la même, à droite en entrant. En face : le bar Art déco. Tous les serveurs la saluaient avec une joie compassée alors qu'elle s'installait à cette table chaque soir depuis trois ans, tantôt fraîche, enjouée, tantôt abattue, forçant le trait du *comme si de rien n'était* pour dissimuler les effets de la bouteille de vin blanc vidée quelques minutes plus tôt sur l'un des balcons de La Corniche du Rayon Vert. Peine perdue : Caroline et les serveurs remarquaient aussitôt son état (le bisou était fatal), pourtant on ne lui disait jamais rien. C'était Rose St Just. On n'aurait pas payé cher pour vivre son calvaire, là-haut, seule dans son paquebot abandonné ; mais son statut de romancière américaine à succès avait laissé s'installer une forme d'indulgence. C'était, comme on dit, *un personnage*. Un de plus dans ce vivier sans cesse renouvelé. On lui apportait sa coupe de champagne et une assiette de crevettes roses à laquelle elle ne touchait jamais.

« L'apéritif de Mademoiselle Rose ! » annonçait solennellement Paul, le chef de rang. « Comment ça va aujourd'hui, Rose ? » ou « Comment ça va depuis le déjeuner ? Le plat du jour, Rose ? »

C'étaient invariablement des noix de Saint-Jacques, un filet de cabillaud au pistou, des brochettes de langouste ou une escalope de veau sauce Portfou. Rose écoutait à peine : elle pensait aux entrepreneurs qui, le matin même, avaient encore reporté le rendez-vous de chantier. Elle lisait distraitement la carte, mi-blasée, mi-perdue dans ses comptes qu'elle faisait et refaisait inlassablement au revers de la nappe en papier de la table 20.

Ce soir, la chaleur était étouffante. Les portes vitrées du restaurant étaient ouvertes mais il n'y avait pas d'air. Rose s'était parfumée – pas au vin blanc, cette fois-ci. Elle avait passé une petite robe blanche en lin. Caroline l'avait complimentée.

« Tu es resplendissante, ce soir, ma Rose ! Et ce nouveau bandeau ! Avec ta frange blonde, c'est très élégant. Tu es toute seule ? »

Il était rare que Rose dînât avec quelqu'un – à part, peut-être, de temps à autre, le vieil Haxton quand il n'était pas pris (il avait la table 18, du côté de l'aquarium, toujours en compagnie d'artistes étrangers, des Suédois, des Tchèques, des Belges).

Rose acquiesça, renvoya un compliment à Caroline qui rougit dans un battement de cils. Elle regarda autour d'elle. Des visages connus ? Qui dînait avec qui ? Qui l'observait ? Il y avait encore quelques tables libres mais les habitués étaient déjà là. Elle entreprit de sourire aux clients qui entraient.

À peine descendue de son palais juché sur le chemin de crête du mont Portfou, la fille du comte von Kraml l'ignora, fendant le ballet des serveurs pour rejoindre sa table au fond de la salle arrière. Rose alluma une cigarette et but sa coupe d'un trait. Commanda. Douze huîtres. Et un faux-filet saignant *avec des épinards à la place des frites*. Et puis une bouteille de boisrenard blanc, comme d'habitude, Joséphine.

Joséphine portait bien son prénom. Elle ne se nommait pas Baker bien qu'elle eût les mêmes jambes, presque le même visage, la même grâce à n'en pas douter. La serveuse préférée de Rose. Elles discutaient souvent (trop longtemps au goût du patron) avant que Rose ne se perde dans ses pensées, pensées aussi sombres que ses yeux étaient clairs, pensées lourdes de cet héritage qu'elle avait accepté, de l'argent qui ne rentrait pas, de l'avenir incertain de ses livres, et surtout, surtout, de cette solitude qui s'était amarrée à sa route, jour après jour – ç'avait été si sourd. Elle était encore jeune, se disait-elle, ça viendrait bien : une rencontre, un regard échangé, elle avait le temps, on croisait tant de monde à New York, elle était romancière, mais oui, ro-man-cière ! Rentabilité rimait alors avec notoriété. Savez-vous qui je suis ? Mais non,

non, ça n'était pas venu. Jamais venu. On l'avait d'abord saluée aimablement dans West Village et puis, peu à peu, on n'avait plus fait attention à elle. Les voisins avaient changé. On ne savait plus qui elle était.

À Portfou, au moins, elle s'était reconstitué un semblant de notoriété : un écrivain dans la station ! Notoriété si mince, pourtant, au regard de ses débuts en Amérique, mais un peu là quand même. Hélas, à Portfou, depuis son arrivée (et elle n'était pas dupe), notoriété rimait plutôt avec ébriété. Plusieurs fois, on l'avait vue de nuit sur la rampe de la corniche, titubante, regagner tant bien que mal La Corniche du Rayon Vert par l'escalier mal éclairé des Juges-Consuls, entre les oliviers et les haies de cyprès.

Rose contemplait le plateau d'huîtres. Elle en goûta une, dans un geste plein de délicatesse. Jamais une telle fraîcheur ne s'était glissée en elle, si lentement, délicieuse, l'imprégnant de tout son iode revigorant. Elle ne pensait plus au devis du plombier pour les chambres du dernier étage. Elle pensait à l'inconnu de la plage. À son corps couvert alternativement d'ombres et de soleil. Il avait passé la journée à se baigner, à dormir lové sur sa serviette à la manière d'un félin, à s'étirer au beau milieu de la baie et des touristes de plus en plus nombreux, négligés, si laids, sans tenue.

Reviendrait-il ? Dans quel établissement était-il descendu ? Ici, à La Langouste ? Au Relais de la

Frontière ? Chez Alonyssos ? À la Pension Tapalina ? Ces huîtres, quel régal !… « Joséphine ? Du citron s'il vous plaît ! » Dans le grand bourdonnement de la salle, Rose guettait. Rose cherchait. Aucun mouvement ne lui échappait. Bruit de verres cassés. Plaisanteries cruelles des serveurs entre eux.

Quand on vient pour la première fois à Portfou, on se rend *tout naturellement* à La Langouste pour dîner. C'est dans tous les guides. Dans la rue, avec spontanéité, les habitants vous l'indiquent.

Alors, quoi ? Il était bientôt vingt et une heures. En toute logique… Peut-être avait-il l'habitude de dîner tard ? Rose allait commander un autre plateau, elle avait faim, c'était décidé : ce repas allait durer. N'avait-elle pas tout son temps ? Il avait quitté la plage vers vingt heures. Trop tard pour prendre la route. Quoique. Il n'avait quand même pas échoué sous les néons du Mythos Bar, au bout du port, entre les tables en formica et les filets de pêche moisis pendus au mur ! C'était trop lugubre, là-dedans. Trop enfumé. Si peu « Dr Pozzi ».

« Tiens ! V'là l'amuseur national ! Eh, va plutôt en terrasse, y a que des nouveaux ce soir ! »

C'était Paul, devant le bar, maigre et droit comme un I dans son costume bleu pétrole, resserrant son nœud de cravate, qui accueillait Zarian. Rose connaissait bien le nain et ses tours de magie. Elle avait joué le jeu une fois, au début. Mais elle admettait que Zarian la troublait. Impossible de deviner ses astuces. Il était malin. Quelque chose dans son regard vous transperçait. Ce n'était pas méchant, cela tenait du médium, une lueur qui vous échappait. Il faisait peur aux enfants. Les adultes, eux, restaient perplexes. Rose l'aimait bien. C'est d'ailleurs vers elle qu'il se dirigea, tout sourire. Son crâne chauve luisait sous les lustres aux boules opalescentes.

« Vous êtes resplendissante, Rosy-Rose ! dit-il en écartant les bras. Vous fêtez quelque chose ? Un anniversaire ? Un nouveau roman ? Une rupture, peut-être ?

– Oh, non, non ! » répondit Rose amusée, bien droite sur sa chaise, caressant machinalement sur la table sa serviette blanche amidonnée.

« Fiche-la tranquille, eh, p'tit père ! lança Paul. Y a du monde en terrasse, j'te dis ! Et pis tu gênes, là ! Tu vois pas que tu gênes ? Pour une fois que tu prends de la place… »

Habitué à son humour, Zarian leva les yeux au ciel. Paul le chambrait comme il chambrait tout le personnel. Rose intervint, lui demanda de laisser tranquille le magicien.

« Ben quoi ? Eh, p'tit père, tu perds ton temps, Rose est bien trop jeune pour toi.

– Tenez, Zarian, coupa Rose en lui indiquant la chaise vide de l'autre côté de la table. Asseyez-vous deux minutes. Je vous offre quelque chose à boire.

– Oh, merci, merci ! » fit le nain en s'empressant de s'asseoir.

Brusquement, Rose regretta sa proposition. Le visage de l'inconnu de la plage se superposa au miroir du comptoir derrière lequel s'agitait un plongeur. S'il la voyait avec Zarian, que penserait-il d'elle ? Il passerait son chemin, certainement. Trop tard. Tant pis.

« Qu'est-ce qu'on boit, Mr. Freaks ?

– Un ouzo.

– Ça va pas te faire grandir, tu sais !

– En tout cas, toi, ça t'a jamais rendu muet.

– Ça suffit, les amis ! lança Rose en allumant une autre cigarette. Zarian, faites-moi un tour. C'est moi qui vous le demande. »

Le petit homme se cala devant la table, tout content. Paul venait de s'éclipser pour accueillir d'un air soudain obséquieux un nouveau et gros client, Mr. Mackenzie, le riche promoteur immobilier. Un parfum de pétoncles farcis au beurre d'ail traversa la salle. La vaisselle s'entassait sur le comptoir. *Trois cafés à la 12* ! *Un, deux, trois, quatre, cinq rince-doigts à la 9* ! Ça entrait, ça sortait. Tabliers, toilettes, plateaux de fruits de mer. *Paul* ! *Une table de huit en terrasse* ! Joséphine enchaînait les commandes. Caroline, à la cantonade : *Ce soir, c'est Michel qui fait la cave* ! *Tu m'as entendue, Paul* ?... *Joséphine, la 27 vient d'annuler* ! Sonnerie du téléphone. Caroline décrochait : *Brasserie La Langouste* ! Conversations, rires, serveurs survoltés, ça débarrassait, ça redressait, douze desserts alignés sur un seul avant-bras tendu comme un arc surgissaient de derrière l'aquarium, *Chaud devant !* et toute cette agitation remplissait le cœur vide et solitaire de Rose qui espérait encore l'inattendu. De l'index, elle humidifia d'eau citronnée ses tempes et sa gorge, histoire de se rafraîchir un peu. Zarian venait d'extirper du sac de toile écru qu'il promenait partout un petit livre bien connu de Rose.

« Rosy-Rose, je vais vous surprendre, déclara-t-il théâtralement de sa voix enrouée. Si, si. »

Il lui tendit le livre dont la couverture était enrobée de papier kraft. On ne pouvait y lire aucun titre.

« Vous qui êtes romancière, ouvrez à n'importe quelle page, retenez un bout de phrase, pas plus de quatre mots, surtout gardez-les pour vous. Vous me rendrez le livre. Je vous dirai ce que vous avez lu. »

Rose s'exécuta. Zarian ne la quittait pas des yeux. Alors elle prit le livre, baissa ses mains sous la table et l'ouvrit au hasard, lut quelques lignes. Son attention se fixa sur ces mots en parfait accord avec ses pensées du moment : ROBE DE CHAMBRE ÉCARLATE. Elle ne pouvait tomber mieux ! Manifestation subliminale du Dr Pozzi. Quel était donc ce livre qui avait comme *deviné* ? Rose le referma, le tendit à Zarian. S'il trouvait, il était un génie. Ou un mage. Rose éprouva une petite émotion. Ça lui monta sous la langue. Elle déglutit.

Le petit homme sembla réfléchir, bomba son torse grêlé de poils blonds et blancs, minuscules spirales de sable sous sa chemise de lin azur largement ouverte. Puis, satisfait, espiègle, il déclara :

« Ce soir, dimanche 7 septembre 1958, au restaurant La Langouste, toutes les pensées de Mademoiselle Rosy-Rose se sont portées sur une ROBE DE CHAMBRE ÉCARLATE. »

Il éclata d'un rire victorieux.

Stupéfaction. Rose écrasa sa cigarette dans le cendrier et s'enfila une grande rasade de vin. Comment Zarian avait-il pu savoir ? C'était impossible. Malgré la chaleur, un frisson glacé la parcourut. Elle se força à rire, merci, merci, Zarian, vous êtes très fort, un phénomène, vraiment !

« Tiens ! Ton ouzo, bonhomme ! » lança Paul en posant sur la table d'un coup sec un petit verre blanchâtre.

Au-dehors, la nuit était tombée sur le port. Les rues étaient presque désertes. Septembre. C'était le soir. Un soir de plus avec des ombres qui s'animaient autour de Rose, l'ombre des voix, l'ombre des corps, habillés maintenant mais le cœur battant à l'approche des plaisirs promis, plus tard, cette nuit, dans le secret des palais inaccessibles ou dans la simplicité brûlante des petites maisons blanches blotties les unes contre les autres, au-delà de la plage, dans la complicité du rivage à peine illuminé. Rose, pendant ce temps, serait assise quelque part dans la gueule silencieuse de La Corniche du Rayon Vert. À guetter l'impossible. Sans doute assise dans l'un des fauteuils de l'ancienne salle de cinéma, devant l'écran éteint, dans une tenace humidité. À quarante-deux ans, elle ne projetait plus ses fictions intimes que sur la toile opaque de ses désirs déçus. Le paquebot de béton l'avait avalée tout entière, cachalot d'infortune. Les nuits s'enchaînaient. Rose errait sur les balcons devant des lunes énormes, admirant pleine d'effroi le surplomb de sa chute. Et le vent qui s'engouffrait dans les coursives de sa petite solitude ne la réveillait pas. Elle devenait fantôme. Un souvenir d'autrefois.

« Rosy-Rose ? Rosy-Rose ! À quoi pensez-vous ? »

Zarian lui avait pris le bras, la secouait.

« Un deuxième tour de mon cru, ça vous dit ? »

Rose soupira. Non, non. Elle en avait assez, maintenant. C'était très bien comme ça.

« Par pitié, qu'on me laisse tranquille, pensa-t-elle. Je ne suis pas son faire-valoir. Pourvu qu'il s'en aille... »

« Rosy-Rose ? »

Elle ne savait pas comment le lui dire. Déjà, il brandissait des jeux de cartes, l'air ravi, se trémoussant sur sa chaise et regardant à droite et à gauche.

« Il me faut un complice, maintenant. Le premier venu. Lui, par exemple. Monsieur, monsieur ! »

Le nain apostrophait un homme de dos, seul au bar avec d'autres clients qui attendaient eux aussi une table. Absorbée dans ses pensées, Rose ne les avait pas vus entrer. Paul leur avait offert une coupe de champagne.

« Monsieur, continuait Zarian, venez participer à mon tour de magie ! Ne soyez pas timide, venez ! »

L'homme finit par se retourner. Rose eut un mouvement de recul, se figea. C'était l'inconnu de la plage.

VII

« La Langouste, bonjour !

– Allô ?

– Que puis-je pour vous, madame ?

– Avez-vous encore des chambres libres pour le mois prochain ? J'ai cherché sur Booking.com mais je ne vous ai pas trouvé.

– C'est normal, madame, nous sommes un restaurant.

– Vous faites aussi hôtel, n'est-ce pas ?

– Oh, mais l'hôtel est fermé depuis longtemps. Au moins vingt ans !

– Vingt ans !

– Ce sont des appartements privés maintenant. À cette époque de l'année, vous ne trouverez rien, j'en ai peur. Le Relais de la Frontière ne rouvre qu'au printemps. Il ne restera qu'un seul hôtel. Seulement…

– Seulement quoi ?

– C'est La Corniche du Rayon Vert, madame.

– Ça ira très bien, non ?

– Ah, si vous voulez, si vous voulez ! Mais enfin… C'est hors de prix. C'est un cinq-étoiles. Et généralement ils sont complets un an à l'avance. Mais vous pouvez toujours essayer. Avec un peu de chance, vous vous ferez un joli cadeau.

– Merci pour vos conseils. Au revoir, monsieur.

– Au revoir, madame. Au revoir ! »

*

« La Corniche du Rayon Vert, votre hôtesse Sylvie, bonjour !

– Bonjour madame, je voulais savoir si vous auriez une chambre libre en février. Une semaine. J'ai regardé sur Internet, vous êtes complet, mais on ne sait jamais, il y a peut-être des chambres de côté ?

– Malheureusement oui, nous sommes complets, madame.

– Vous êtes certaine ? Ou en mars ?

– Je regarde, ne quittez pas. *Février, février, non... Complet, complet... Ah* ? *Non, complet... Alors mars, mars, première semaine... Non, c'est plein... Et la semaine du 5... Complet.* Madame ? Non, je suis désolée, nous sommes vraiment complets.

– Cherchez bien. Il y a toujours un petit quota de chambres libres. J'appelle de la part… de la part d'Allan Green. Oui, c'est ça, Allan Green.

– Qui ?

– Allan Green.

– Attendez, je suis nouvelle ici, je vais voir avec mon manager. Ne quittez pas… *Alex ? Alex, vous avez une seconde ? J'ai une cliente au téléphone qui veut absolument une chambre pour février ou mars… Oui, de cette année… Sur mon écran, c'est complet… Oui, oui, je sais, mais tout est rouge, là… Elle me dit qu'on a sûrement quelque chose. Elle me dit qu'elle appelle de la part d'un certain Mr. Green, Allan Green… Oui… Mais oui, je vous assure. O.K., O.K., je vous la passe.* Allô, madame ? Je vous passe mon manager.

– Merci.

– Bonjour madame. Alexandre, responsable des réservations.

– Bonjour monsieur.

– Vous cherchez une chambre pour février ou mars, me dit-on ?

– C'est cela. Une semaine ou dix jours.

– Vous venez de la part d'Allan Green ?

– Oui, c'est bien ça, de la part d'Allan Green.

– Allan Green, le compositeur ?

– …

– Allô ?

– Oui, le… Bien sûr… Le compositeur.

– J'ignorais qu'il était encore de ce monde.

– Mais oui…

– Vous êtes une amie proche, si ce n'est pas indiscret ?

– Oui, une amie proche.

– Allan Green… Nous avons une chambre pour vous, bien entendu. En réalité une suite, mais je vous la propose aux mêmes conditions qu'une chambre standard. La semaine du 20 au 27 mars, cela vous conviendrait ?

– C'est parfait !… Attendez, je vais finalement prendre deux chambres plutôt. Si vous avez.

– La suite comprend déjà deux chambres séparées, un bureau et un petit boudoir, au dernier étage, donnant sur la mer et climatisée, rassurez-vous. En mars, il peut commencer à faire chaud.

– Je la prends. Vous êtes formidable.

– Avec plaisir, madame. À quel nom, la suite ?

– Lambertini. Amelia Lambertini… Non, non ! au nom d'Allan Green, ce sera plus simple.

– J'imagine que notre conversation doit rester confidentielle.

– Confidentielle ?

– C'est-à-dire que… Allan Green, vous comprenez… Avec tout ce qui s'est passé ici, à Portfou… Même si c'était il y a longtemps… Enfin, soyez tranquille, je resterai discret. Cela restera entre vous et moi.

– Oui, bien sûr. Discret…

– Vous accompagnera-t-il ? Auquel cas je mettrai la suite sous un autre nom. »

VIII

Les yeux vert d'eau. Les mêmes que ceux du Dr Pozzi. Couleur rare. Rare comme l'étoffe en nid-d'abeilles de sa chemise écrue avec ses larges bandes jaunes qui descendaient des épaules sur ses pectoraux, tombant sans pli au ras des pans.

Il se tenait debout là, devant Rose, demi-sourire aux lèvres, scandaleux Apollon. Des ombres glissaient sous sa chemise ouverte, aussi brunes que sa peau, aussi souples que ses cheveux. Il portait un pantalon de coton blanc très ajusté. Rose détourna le regard. Elle vit qu'il était pieds nus dans une sorte d'espadrilles. Pas de montre à son poignet. Pas de chaîne à son cou. Des mains fines mais puissantes, rassurantes, qui épousaient le haut des cuisses dans une grande simplicité, un naturel presque naïf – il n'y avait là aucune pose. C'était tout droit sorti du sable, de la chaleur du soleil. C'était pur. Animal. Comme tout ce qui se dégageait de ce corps. Rose voulait disparaître.

« Asseyez-vous, monsieur ! dit Zarian en tirant la chaise d'à côté, juste en face de Rose. J'en ai pour cinq minutes, le temps que votre table se libère. »

L'inconnu semblait gêné, un peu étonné. Il salua Rose, puis Zarian, bonsoir, bonsoir.

Rose remarqua un léger accent étranger, hispanique, peut-être.

« N'ayez pas peur, asseyez-vous ! insistait Zarian. C'est un simple tour de magie. Madame est une amie. Elle en raffole !

– Allez-y, monsieur ! intervint Paul en lui posant une main sur l'épaule. Vous êtes à La Langouste, ça se passe comme ça ici ! »

L'homme s'assit. Son sourire se fit plus entier. Il s'adressa à Rose, en inclinant la tête, plongeant son regard clair dans les siens, affolés, et, parlant lentement, détachant chaque mot :

« J'espère que je ne trouble pas votre dîner.

– Oh, non ! Non, non, répondit Rose dans un débit électrique. Non, non, non.

– Permettez-moi de me présenter : Axel Slope. »

Il y avait quelque chose de très poli dans ses manières, une politesse un peu sauvage.

« Enchantée, fit Rose dans une grimace. Je suis… Mon nom est Rose. Rose St Just.

– Une grande romancière ! ajouta non sans malice le magicien. Moi, c'est Zarian. Allons, tenez, voici des cartes. Pour vous, M. Slope. Coupez deux fois et donnez-les-moi. Rosy-Rose, vous n'avez rien à faire pour le moment. »

L'homme s'exécuta. Il lança à Zarian un coup d'œil amusé, regarda Rose à qui il sourit en haussant les sourcils, rendit les cartes. C'était épais ; il devait bien y avoir trois jeux mélangés à présent.

« Très bien, remercia le magicien. Rosy-Rose, maintenant c'est à vous. Pensez à quelque chose de concret. Un objet, un animal, une maison… Pensez-y très fort et gardez ça pour vous. »

Mais Rose était bien incapable de penser. Elle se répétait pour elle-même : « Axel… Axel, Axel Slope… » Elle voyait s'animer la toile de Sargent, elle voyait l'inconnu allongé sur la méridienne de son bureau au milieu des portraits. Ses lèvres. Ses lèvres, là, à quelques centimètres, de l'autre côté de la table. Des lèvres d'un rose pâle, bien franches, à peine entrouvertes et dont on devinait le soyeux, la grande douceur, telles les lignes de son cou, de sa nuque bien nette.

Il faisait chaud, Dieu qu'il faisait chaud, ce soir, pourquoi n'allumait-on pas les ventilateurs du plafond ? Une goutte ruissela le long du cou de Rose, descendit au creux de ses seins sous son corsage. L'homme regardait Zarian. Elle serra ses cuisses et but un verre de vin.

« Alors, vous avez pensé à quelque chose ? »

Rose parcourut des yeux la salle, perdue, tremblante. Tout l'agaçait, elle voulait que Zarian parte. Son esprit s'était embrumé. Elle avait le sentiment que toutes ses pensées étaient grasses, enfouies sous une couche de saindoux. Pour faire bonne figure, elle se fixa sur l'unique objet de ses obsessions : l'énorme masse du bâtiment de La Corniche du Rayon Vert.

« Ça y est, ça y est ! » s'exclama-t-elle d'une voix aiguë.

On aurait dit une petite fille.

« Très bien, dit Zarian. Maintenant, approchez-vous de Monsieur et imaginez que vous lui susurrez à l'oreille l'objet de vos pensées, mais sans parler. Approchez-vous de lui.

– Pardon ? sursauta Rose.

– Approchez-vous de M. Slope. Encore. Encore. Surtout n'émettez pas un son ! »

Rose était tétanisée. Elle redoutait d'offrir à l'inconnu les effluves du vin blanc. Mains à plat sur la nappe, les yeux telles des mouches affolées, elle s'immobilisa au-dessus de la table, au milieu, bloquée contre une paroi de verre invisible.

« Approchez-vous encore ! l'encourageait Zarian. Contre son oreille. Comme pour un secret. »

Rose frissonna de plus belle ; elle finit par se maîtriser. Axel Slope la couvait d'un regard bienveillant.

« Venez, murmura-t-il. Venez vers moi. »

Lui aussi vint à elle.

Alors Rose s'abandonna au parfum délicieux qui enveloppait le corps de l'inconnu et ses cheveux dont elle sentit la douceur caresser sa joue trop maquillée. Ce parfum ! Rose ferma les yeux. Ses lèvres n'étaient séparées de l'oreille d'Axel Slope que de quelques centimètres. Elle n'en voyait que le dessin rond et blond, parfaite spirale, le duvet chaud, le grain hâlé de sa peau, son cou, la chevelure brillante de cet homme encore jeune. Zarian je vous déteste.

Rose concentrée. Respiration accordée à celle d'Axel Slope. Puis la vision très nette du bâtiment. La Corniche du Rayon Vert. Son fardeau. Son combat. Son tombeau, peut-être.

« Voilà, voilà, ça suffit, fit Zarian espiègle. Merci Rosy-Rose. Maintenant, monsieur, donnez-moi vos mains. Oui, comme ça, très bien. »

Zarian fronça les sourcils. Sembla réfléchir un instant avant de s'exclamer, sourcils soudain haussés : « Ah, intéressant ! Mais pas facile. » Il lâcha les mains d'Axel Slope, but son verre d'ouzo d'un trait et se lança dans un étrange exercice. Il battit les cartes, acquiesçant et grommelant pour lui-même ; puis, absorbé dans une vision qui agrandissait ses pupilles, il se mit à ébaucher sur la nappe, dans un formidable mais fragile équilibre, ce qui ressemblait à un paquebot de croisière.

Rose était médusée. Axel Slope, bien entendu, ne pouvait saisir la profondeur de son trouble. Avec une adresse stupéfiante, Zarian modelait son chef-d'œuvre, construisant, déconstruisant, ajustant, un architecte prestidigitateur. Des portes, des fenêtres, des balcons apparurent. Il pliait des cartes ; en courbaient d'autres. L'une composait une terrasse ; l'autre, juchée sur une tourelle, mimait une verrière. Un fanal de carton. Ici, l'escalier monumental de la poupe. Là, l'ancien parking et sa pompe à essence. L'ensemble était sidérant de réalisme. Peu à peu, La Corniche du Rayon Vert déploya sa structure devant eux. Une poignée de clients fascinés s'était approchée. Lorsque toutes les cartes furent placées, Zarian releva la tête et écarta les bras, fixant Rose, plein de malice.

« Qu'est-ce que vous en dites ? »

Rose était stupéfaite.

« Les bras m'en tombent ! C'est inouï. »

Intrigué, Axel Slope s'était avancé vers Zarian.

« Quel est ce magnifique bâtiment ? » demanda-t-il admiratif.

Pour la première fois, Rose adressa un sourire sincère à l'inconnu. Elle était fière.

« C'est chez moi, dit-elle tout enjouée. Mon palais privé. Bravo, Zarian ! Je suis bluffée ! Il a l'air en meilleur état que dans la réalité. Puisque vous êtes magicien, poursuivit-elle sur un ton léger, venez habiter à la maison quelques jours, vous ferez des miracles avec mes entrepreneurs. La salle à manger du restaurant est quasiment terminée, mais le cinéma, la salle de bal et le court de tennis, c'est une autre histoire.

– Un court de tennis ? demanda Axel Slope.

– Sur le toit. Il y a aussi un petit casino et un théâtre à l'italienne. »

Une énergie insoupçonnée venait d'irriguer les muscles, le corps tout entier de Rose. Assurance retrouvée. Joie de susciter de l'intérêt quand, depuis des mois, elle s'était détournée d'elle-même. Elle se redressa, comtesse toute neuve dans sa robe de lin blanc. Axel Slope la considérait. Axel Slope la regardait.

Ce sourire que Rose offrit à l'inconnu de la plage ne fut pas un sourire. Il fut un embrasement. Le sourire invite ; l'embrasement dévore. Le sourire promet l'infiniment grand ; il peut aussi masquer l'infiniment petit. Avec ce sourire, Rose éteignait les cendres de sa minuscule solitude. Elle avait assez souffert. Elle serait tranquille, désormais. Elle offrait à son cœur une promesse immense, une libération, l'envers de son effondrement, sa fêlure incendiée. Combien de temps sourit-elle ? Suffisamment pour renverser les sentinelles de sa détresse. Elle contemplait Axel. Elle s'admirait elle-même dans l'ivresse de sa résurrection. Rien d'autre n'existait. Le fameux rayon vert, elle l'avait enfin vu. Elle savait. Elle comprenait. Sa vie faite de symboles, elle la redécouvrait, les souvenirs défilaient, tout se mêlait dans ce sourire victorieux, des visions, l'oncle de Boston, ses nuits gonflées d'attente, ses prières au vin blanc, ses révolutions silencieuses à la proue des balcons, toutes ses larmes versées dans la mer insensible. Oui, elle souriait. Et il y avait de la conquête dans le creux de ses lèvres au rouge déjà séché. Zarian le magicien avait intercédé pour elle auprès des dieux distraits. Les Forces oublieuses enfin la ranimaient. Cela ne dura pas.

« Rosy-Rose ! Regardez qui voilà ! »

Dans le grand tourbillon des serveurs les clients se succédaient. Zarian avait posé sa main sur le bras d'une Rose envolée dans son avenir de conte. Visage levé vers Axel Slope, elle s'était noyée dans son regard étale. Le choc n'en fut que plus brutal.

« Bonsoir, Mrs. St Just. »

C'était la voix de Paul, dehors. Paul ne s'adressait pas à Rose, pourtant.

Dans le soir brûlant, se détachant sur le ciel violacé qui résistait encore, la silhouette gracile d'Elizabeth St Just montait depuis le quai dans les lumières du port.

La taille prise dans un pantalon blanc moulant, un corsage bleu pétrole enserrant sa poitrine, elle parut sur la terrasse. Ses cheveux blonds coiffés à la garçonne lui donnaient un air très Jean Seberg – tout juste révélée au public américain par le film d'Otto Preminger *Bonjour tristesse* dont les photos s'étalaient dans tous les magazines. Bien que plus âgée que Rose, Elizabeth faisait incontestablement plus jeune. Elle entra dans le restaurant, se planta devant la caisse.

« Bonsoir, Caroline, dit-elle dans un battement de cils avec un petit geste de la main distant. Je dîne avec Mr. Mackenzie, vous savez, le promoteur. Paul n'avait pas l'air d'être au courant.

– Bonsoir, Mrs. St Just. Mr. Mackenzie est arrivé. Il est là-bas, au fond. Il vous attend. »

Elizabeth ne remercia pas, se détourna aussitôt du comptoir. C'est là qu'elle aperçut le trio attablé autour du château de cartes. Elle joua l'étonnement mais ne se précipita pas vers sa sœur. Très droite, telle une danseuse soucieuse de son maintien, elle composa un sourire poli et demeura en retrait sans aller l'embrasser.

« Bonsoir Liz, dit Rose les dents serrées mais encore rafraîchie par sa joie.

– Oh, bonsoir, Rose. Ça fait un moment, dis-moi. Tu viens donc toujours ici ? Au moins, on sait où te trouver. Tu es le pilier de cette maison. Ah, je t'admire, moi je me lasserais vite. Le même menu tous les soirs…

– Liz…

– Quand je viens ici, pour moi c'est exotique. Mais pour toi, ma pauvre, ce doit être d'un ennui ! Et tes finances, ça va mieux ? Tu t'en sors ? Oh, ma pauvre, ma pauvre, quelle vie ! New York doit te manquer. Moi, je suis ravie d'être arrivée. Je suis ici pour trois semaines. Je rentre d'Australie. J'avais rencontré un très bel homme par les petites annonces, figure-toi, c'est amusant, n'est-ce pas ? C'est bien plus efficace que d'attendre, comme toi, que le Grand Amour croise ta route. Tu as toujours été si naïve, si fleur bleue ! Tu es toujours célibataire, j'imagine.

– Liz…

– Moi aussi, mais c'est tout récent. J'ai largué l'Australien. Il tenait une galerie d'art très en vue à Sydney. Très beau, un corps de rêve mais très bête, le pauvre. Et puis, l'Australie, on s'en lasse, tu sais. Non, tu ne sais pas, c'est vrai, il faut beaucoup d'argent pour voyager autant que moi.

– Liz !

– Après Portfou, je vais à Singapour. J'ai hâte ! Dans l'avion, j'ai rencontré le propriétaire d'un hôtel, un hôtel de luxe, évidemment. Il veut refaire toute la déco. Tu penses bien que je lui ai proposé mes services. Il a dit banco tout de suite. Je lui ai beaucoup plu, bien sûr. Mais dis-moi, tu ne me présentes pas à tes amis ? »

La vraie conne dans toute sa splendeur, se dit Rose, ça ne s'arrange pas. Dans un geste agacé, elle désigna l'inconnu de la plage. Celui-ci s'était tourné de trois quarts vers Elizabeth qui, la tête inclinée, le détaillait comme un oiseau rare.

« Ma sœur Elizabeth, soupira Rose. Axel Slope.

– Oh, fit Elizabeth en se rengorgeant, tu me l'avais caché ! C'est l'un de tes ouvriers ? Bonsoir, monsieur. Laissez-moi deviner… Vous êtes le maçon ? l'électricien ? ou peut-être le plombier ?

– Liz ! lança Rose furieuse.

– Charmant ! siffla Elizabeth en dévorant des yeux le corps d'Axel Slope.

– Nous venons de faire connaissance, bégaya Rose comme pour s'excuser (elle se maudit aussitôt).

Grâce à Zarian qui vient de nous faire un tour de magie. Tu connais Zarian, n'est-ce pas ? »

Elizabeth St Just daigna jeter un coup d'œil au petit homme qui l'observait depuis un moment. Bras croisés, Zarian s'était rembruni. D'un air méfiant il dévisageait Elizabeth, mais voulut néanmoins se montrer aimable.

« Nous nous sommes déjà croisés l'an dernier..., commença-t-il.

– Je ne me rappelle pas, lâcha Elizabeth d'un ton cassant. Non, je ne connais pas ce... »

Elle hésita. Une sorte de malaise tomba sur eux.

« ... ce monsieur », acheva-t-elle en reculant.

Il y eut un temps. Tous les quatre s'étaient tus. Puis Zarian laissa échapper un râle qui se transforma en toux. Il ne pouvait détourner son regard de celui, bleu et froid, d'Elizabeth St Just, immobile, qui leur offrait ainsi une pose pleine de défi. Zarian était comme aimanté. Il se produisait là quelque chose d'électrique. D'insaisissable. De sombre.

« Puis-je vous saluer comme il se doit ? demanda-t-il d'une voix d'outre-tombe. Donnez-moi votre main. »

Zarian tendit la sienne. Elizabeth le toisait. Il insista. Elle finit par céder et lui présenta ses doigts bronzés où étincelait un diamant. Il mima un baiser, lentement, presque religieusement ; puis se redressa d'un bond, épouvanté, et, foudroyant Elizabeth du regard, lui lança :

« Partez, madame. Partez ! Quittez Portfou sur-le-champ ! »

Interloquée, Rose se leva à son tour :

« Mais enfin, Zarian ! Que dites-vous ?

– Que cette femme parte ! »

Il était tout congestionné.

« Que se passe-t-il ? fit Axel Slope désorienté.

– Vous êtes fou, monsieur ! lâcha Elizabeth. Et toi, tu n'es qu'une petite écervelée ! »

Le visage d'Elizabeth s'était métamorphosé. Il n'était plus que colère et agressivité. Une furie. On eût dit qu'elle allait gifler sa sœur. Zarian, lui, suffoquait.

« Partez, madame ! poursuivit-il. Vous êtes l'incarnation d'un drame, ici, à Portfou. Un meurtre… Car je vois un meurtre. Oui… Vous serez à l'origine de tout, au centre de tout ! Vous serez… »

Mais il ne put achever sa phrase. Tandis que, dans un grand mouvement de rage, Elizabeth s'enfonçait dans le restaurant pour retrouver Mr. Mackenzie, le nain s'évanouit, agrippant la nappe qu'il entraîna dans sa chute. Alors, au milieu des cris de la foule, comme toutes les cartes de La Corniche du Rayon Vert s'écroulaient, s'éparpillant sur le petit corps inanimé, Rose se mit à pleurer sur le masque défait de sa soirée gâchée.

IX

Aucun *rooftop* de la ville ne disposait d'une terrasse aussi bien située que celle du White Stork. La nuit, depuis le toit de verre, tout n'était que scintillement, le canevas inégal des rues, les voitures microscopiques, le Walhall criblé d'étoiles des tours à l'infini, les églises, les ponts, les monuments de pierre nimbés de leur halo magique. C'est au White Stork que Vincenzo donnait ses rendez-vous. C'est là que je l'y attendais, assise devant une coupe de champagne offerte par le barman, table 7, au bord du précipice. *La* table de Vincenzo Lambertini. Les hommes d'affaires et ingénieurs s'y succédaient depuis des années dans la musique *lounge* qui s'échappait des murs aseptisés, devant le visage fermé à double tour de Vincenzo. On le redoutait ; mais on avait besoin de lui. On guettait une inflexion mais on déchantait vite. Négocier avec lui n'était pas un art, c'était une épreuve. Parvenir à un accord, c'était se hisser au rang de disciple. Telle était sa réputation.

Mais avec moi, il souriait. Vincenzo se montrait toujours bienveillant à mon endroit, doux, curieux de tout, protecteur et rassurant. Soutien sans faille lors de la période la plus sombre de ma vie.

Il apparut entre deux colonnes de lumière opalescentes, chemise blanche, pull framboise, pantalon Ralph Lauren – tout ce qu'il portait venait de chez Ralph Lauren ; cela détonnait au bureau mais il cultivait cette différence pour asseoir son pouvoir. Il n'avait pas besoin d'un costume pour être intelligent. On lui apporta une eau pétillante tandis qu'il m'embrassait. Il s'assit, me dévisageant de son regard clair et franc. Il sentait bon. Il était plus séduisant que jamais ; je savais que les femmes se jetaient à son cou.

« Tu me pardonneras, dit-il de sa voix sourde, je n'ai qu'une demi-heure. Je dois filer à une soirée de gala dont je suis président d'honneur. Bon ! Tu as meilleure mine. Mais ton message m'a inquiété. Que puis-je faire pour toi ? »

Je ne revins pas sur ma séparation d'avec Gilles dont il connaissait déjà les tristes détails mais, assez vite, j'évoquai les joies du déménagement. J'en vins ensuite, enfin, à mon projet. La rencontre avec Allan Green, les photos, la femme au bandeau, ma réservation d'hôtel, je lui confiai tout.

« Au journal, j'ai annoncé que je tenais un sujet en or mais top secret. Trois mois de travail en solo, je ne peux pas rester en ville, etc. Ils ont accepté.

– Ils ont tellement confiance en toi.

– Et j'ai pensé à toi parce que… Oh, tu vas me trouver folle.

– C'est fait depuis longtemps, ma chérie.

– Où en est le programme Zeus ? »

Je ne pouvais lire aucune réaction sur ses traits, mais je sentais à quel point ma question le surprenait. Il me regarda un peu de biais, avec un air qui signifiait « Toi, alors ! ». Car il avait compris, bien entendu.

« Non, dit-il. Tu ne peux pas me demander ça. Et puis, c'est un vieux monsieur. C'est très généreux de ta part, mais tu n'imagines pas les risques. Car il y en a, malgré tout.

– Vincenzo, je t'en supplie ! Je veux le rendre heureux une dernière fois.

– Tu t'es renseignée sur ce compositeur ? Sur ce qui s'est passé à Portfou ?

– Rien ne sort sur Internet. Ce doit être trop ancien. Son nom n'est mentionné nulle part. Bizarre, hein ? C'est justement pour cette raison que je veux mener mon enquête. Quand démarre le programme Zeus ?

– Le 1er mars. Les derniers tests ont eu lieu le mois dernier. Et ils sont concluants. Tous les voyants sont au vert. Nous devrions donner notre accord définitif au comité exécutif la semaine prochaine. Écoute, je dois y réfléchir.

– Deux personnes de plus… Je suis prête aux conditions les plus modestes. Je veux le faire. Vraiment. Il me fait tant penser à papa. S'il te plaît !

– Il faut que j'en parle au ComEx. Je ne peux pas prendre cette décision seul. Notre liste d'invités définitive est presque bouclée, tu comprends.

– Mais puisque c'est moi ! En journaliste, pour *Babou & the City* !

– Justement. Favoritisme. On me le reprochera.

– Qui sont les autres ?

– Je ne peux rien divulguer avant la semaine prochaine. Des gens connus. Un cauchemar, cette sélection. Laisse-moi trouver le bon argument. Tu as parlé de cette folie à ton compositeur ?

– Surtout pas. Je veux lui faire une surprise.

– Tu es incorrigible. Donne-moi quelques jours. »

Il but son eau pétillante d'un trait. Je le pris longuement dans mes bras, l'embrassai. Et comme il s'éloignait dans les lueurs colorées du White Stork, je me rassis pour contempler le ciel.

X

Nuit brûlante. Tombes blanches. Couvrant l'étroit promontoire du vieux cimetière marin, les oliviers offraient un vitrail d'ombre aux stèles éventées. La lune énorme et basse blanchissait l'enceinte de la pointe, ce parapet qui abritait si peu mais fendait l'horizon d'une lame ronde et sèche. Obsessionnel, le ressac de la mer venait briser son écho au seuil de ses lèvres de pierre, infiniment renouvelé sous les étoiles tremblantes.

Rose se tenait là. En chemise de nuit, pieds nus. Une petite valise à la main. La brise soulevait ses cheveux qu'elle n'avait pas attachés. Bandeau oublié. À dessein. Ce n'était pas un soir à s'habiller. Elle regardait la mer, debout, bien droite à côté d'un banc de pierre qui l'invitait à s'asseoir. Debout. Bien droite. À cette heure, seul le phare du cap de la Lanterne était illuminé. Les maisons, les villas, les palais attendaient que monte l'aube. On entendait le cri des martinets, au loin. Une mouette égarée filait au ras des eaux, longeant une crique, plongeant dans une écume lointaine.

Rose avança vers la pointe. Elle huma l'air, ferma les yeux un moment. Lorsqu'elle les rouvrit, elle aperçut au large, vers le nord, de hautes caravelles groupées telle une armada, et qui semblaient l'attendre. Leurs grandes voiles carrées étaient phosphorescentes. Flotte immobile. Cœur dévasté, cœur fantôme. Nuit qui ne finirait jamais. Rose s'approcha du parapet, déposa sa valise qu'elle ouvrit. Il y avait quelques feuillets et une bouteille de vin. Lentement, elle s'empara du mince paquet de feuilles, se releva puis, les détachant une par une dans un geste solennel, les lança dans le vide. Le vent les emportait, les courbant, enfermant dans une torche molle l'encre dont elles étaient couvertes, silencieux embrasement, rouleaux fragiles jetés à la mer.

Cette cérémonie dura peu. Il y avait peut-être une centaine de pages. Un soulagement. Alors Rose prit la bouteille, retira le bouchon, recula vers le banc où elle finit par s'asseoir – dernière halte. Le vin qui glissait en elle la rafraîchit. C'était si bon de sentir la fausse amitié du poison pénétrer tout son corps. Personne ne l'avait ainsi possédée. C'était peut-être ça qu'elle aurait dû écrire : l'histoire d'une femme possédée par *autre chose*. Mais ce crétin de Gerald n'y aurait rien compris, lui qui n'aimait que ses cigares. Tant pis pour lui. Tant pis pour eux ; tant pis, quoi. Trop tard. Liz hausserait les épaules en répondant simplement : je vous l'avais bien dit, déjà toute petite elle était malheureuse, que voulez-vous.

Le temps fut très long – ou très court, Rose ne savait pas et ne voulait pas savoir. La bouteille lui offrit ses derniers sortilèges. Vaisseaux phosphorescents. Lune complice. Lune qui bénit. Sainte hostie. À présent que j'ai bu le calice, me voici.

Axel… Axel Slope. Rose humait son parfum, sa nuque imaginaires. Puis elle se redressa. Ses lèvres remuaient un peu. Elle appelait Axel. Et, murmurant ce nom qui l'avait enchantée, le visage lourd de songes, elle contempla Portfou et se déshabilla.

Cri d'une mouette. Rose monta sur le parapet, à l'aplomb du précipice. Un délicieux parfum de figues, de lauriers-roses et d'alcool embaumait tout son corps.

Il y eut une voix, soudain, un ordre furieux lancé d'entre les oliviers.

« Rose ! Rose, vous êtes folle, ne faites pas ça ! »

Rose se retourna. C'était le vieil Haxton, canne en l'air, courbé comme un hanneton.

Aussitôt, Rose se baissa avec la hâte du criminel pris en flagrant délit, s'empara de sa chemise de nuit qu'elle enroula maladroitement autour de sa taille. Un sanglot l'étreignit. Elle détourna le regard, embrassant la mer immense, cherchant la lumière des vaisseaux – mais ils n'étaient plus là. Haxton ne cessait de l'appeler pour la ramener à la raison.

Bientôt il fut près d'elle. Il lui offrit son bras maigre ourlé de rides. Sa chemisette paraissait le maintenir. Rose était pétrifiée. Elle hésitait. L'un et l'autre tremblaient. Sous la crinière de ses cheveux blancs, le visage d'Haxton avec ses gros yeux ronds, son dentier éclatant de peur, faisait un masque antique.

Il sourit à Rose, implorant.

« Si vous sautez, nous ne pourrons pas dîner ensemble demain. Vous me l'aviez promis. Ce n'est pas digne de notre amitié, ni de la grande romancière que vous êtes. »

Nouveau sanglot chez Rose. Haxton bras tendus, immobile. Seul le vent les animait, pris dans leurs cheveux, dans leurs vêtements. Le vieil homme poursuivait de sa voix enveloppante.

« Vous savez, je vous ai observée à La Langouste. Vous et votre jeune premier. J'ai tout vu. Eh bien, vous savez, de nos jours c'est démodé de se suicider par passion. Vraiment. C'est même ringard. Vous valez tellement mieux ! Voulez-vous descendre de là ? Oui, oui. Tout de suite. Là, voilà. Comme ça. Doucement. Donnez-moi la main. Voilà… »

Rose eut un mouvement brusque et s'abandonna aux bras d'Haxton. Elle n'était plus que fontaine. Haxton vacillait sous son poids, canne plantée dans la terre. Rose avait enfoui son visage dans les épaules du vieillard.

« Pardon, pardon ! hoquetait-elle.

– Merci, merci ! lui répondait-il en murmurant ces mots d'un ton consolateur.

– Vous ne savez pas ce que c'est, Haxton, de n'avoir jamais été aimée. D'être toujours au deuxième plan.

– Allons, allons !

– Ma sœur a toujours été la préférée. Toujours. La première, la meilleure. Elle a brisé mes rêves. Mes espoirs. Ce soir encore... Moi, on m'ignorait. Et cet horrible héritage, ce cadeau empoisonné, je ne m'en sors pas. Je ne m'en sortirai jamais.

– C'est peut-être un cadeau à retardement.

– Comment ça ?

– Continuez à vous battre, Rose. Laissez faire le temps. »

Haxton la serrait fort contre lui. Elle avait fermé les yeux. Deux êtres enlacés, albatros épuisés, sur la grande esplanade du cimetière marin. Les branches des oliviers faisaient comme un moucharabieh, un rempart de dentelle contre la mer ensorceleuse. L'aube attendrait encore un peu. Rose renifla, releva le visage, essuya ses joues.

« Merci, Haxton. Je vous dois tant. Depuis mon arrivée vous avez toujours été là.

– Profitez-en, ma chère ! À quatre-vingt-quinze ans, je compte les hivers sur les doigts de la main.

– Que faisiez-vous ici, cette nuit ? »

Il balaya l'air de la main.

« Je suis insomniaque. Je viens souvent ici en repérage. Je serai là, à côté de ce gros cyprès, sur ce tumulus. C'est pas mal, hein ? Un peu surélevé. On voit venir les flottes ennemies. Et puis je serai avec ma femme. Enfin. Bon, on va parler de choses plus amusantes. Que faites-vous la semaine prochaine ? Il y a un cirque qui s'est installé pour deux mois, là-haut, près du palais Kraml. Voulez-vous que l'on aille voir les clowns ? Moi, j'aimerais beaucoup. Vous savez, j'ai longtemps dessiné les affiches du cirque Maladolli. Maladolli père et fils. C'était le seul cirque, à l'époque, qui présentait un groupe de lamas dressés. Il faudrait que je vous les montre, ces affiches. »

C'est qu'Haxton avait été un célèbre affichiste. Ses concurrents lui avaient envié ses clients les plus réputés : la Compagnie internationale des wagons-lits, la Compagnie générale transatlantique, la chaîne des grands hôtels Seiler, en Suisse, la marque de robots ménagers Torilex. Et pas un événement ne se déroulait à Portfou sans qu'on ne le sollicitât. Rose sourit timidement.

« Aller au cirque ? C'est une idée amusante… Pourquoi pas ?

– Je vois bien que vous êtes une enfant. Ne pensez pas trop à La Corniche. Et arrêtez de boire, bon sang ! Pensez à vous, à votre santé, à votre prochain roman. Que diriez-vous si je faisais un dessin de vous pour la couverture ?

– Oh, Haxton ! Le livre n'est même pas terminé.

– Pas grave ! Vous poserez pour moi, je vous croquerai quand même. Ça vous dit ? »

Rose prit à nouveau le vieil homme dans ses bras. Elle voyait bien qu'il voulait lui apporter un peu de vie, des projets. Ses idées noires s'estompaient. Haxton aussi était un magicien. Elle accepta.

« Vous viendrez dans mon atelier au premier étage de La Langouste, demain, avant notre dîner ? Dix-sept heures ? »

Rose acquiesça, l'embrassa longuement sur la tempe mais lui proposa finalement de poser chez elle, à La Corniche. Dans la lumière blonde de la vaste salle à manger, devant les portes-fenêtres à petits carreaux, tôt le matin avant l'arrivée de la chaleur, devant la mer aux reflets aveuglants, cette mer qui avait failli l'engloutir dans le sortilège de son onde.

XI

Il nageait sous la grande verrière de Fairmont Hall. Le soleil illuminait la végétation du jardin d'hiver qui s'adossait aux bains. Végétation sauvage, savamment offerte à la structure métallique surgie d'une autre époque, préservée, entretenue à grand soin pour rester dans sa rouille et ses linteaux figés. Une frise de céramiques courait au-dessus des portiques. Au sol, un parterre de feuilles tombées d'un éternel automne renvoyait des éclats d'or, jaunes, verts, s'insinuant entre les troncs, les massifs, les portes entrouvertes, léchant les pieds de la façade de verre qui marquait l'infranchissable frontière de ces thermes modernes.

C'est que Fairmont Hall était double : d'un côté, l'abandon ; de l'autre, le luxe. S'épaulant. D'un côté, cette serre iridescente, vestige du passé, prolongement de l'ancien zoo aujourd'hui savane ; de l'autre, le vaste bâtiment, mi-coupole mi-manoir, reconstruit à l'identique mais redessiné à l'intérieur, à la romaine, le *design* du XXIe siècle en plus.

Tout n'était que marbres et verres, faïence et acier, inox brossé, bois, béton translucide. Le végétal contre l'industriel. Là-bas, l'ancien monde. Ici, le nouveau. Autour du grand bassin, l'architecte Jean Valstrode avait conçu des bains particuliers séparés par des arches de verre, hammam ou piscine privés, selon l'envie, chacun son eau, chacun sa température, vue sur le jardin, vue sur les corps, lumière selon ses goûts. Si bien que Fairmont Hall battait d'un poumon luminescent aux éclats changeants, buée rose, vapeur bleue. Vitrail vivant au cœur de la ville.

Allan Green avait sa carte de membre. Il m'avait invitée. Et je le regardais nager dans son bassin privé – toujours le même – auprès duquel, dans un transat en toile, vêtue d'un peignoir taupe, je dégustais un jus d'orange qu'un jeune homme en short blanc venait de m'apporter.

Peu de temps après l'épisode de la tasse de thé, j'étais allée frapper à sa porte. Son bras le faisait-il souffrir ? Avait-il besoin de quelque chose ? La porte était restée close. En retournant chez moi, j'étais tombée sur le gardien. C'est lui qui m'avait expliqué : Fairmont Hall, discipline jamais enfreinte, c'était tous les matins sauf le dimanche, une bonne heure dont il revenait ragaillardi. Il s'y rendait à pied – trente minutes pour gagner l'île au bout de laquelle se dressait l'imposant bâtiment. Le soir même, j'avais glissé dans sa boîte aux lettres un mot lui proposant de l'accompagner dans la semaine. Je pensais essuyer un refus ; il avait pourtant aussitôt accepté. Retirant mon courrier le lendemain, j'avais découvert pour la première fois son écriture élancée, bien pleine sur la carte un peu passée.

Nous n'avions échangé que quelques mots sur le chemin. La neige avait fondu. Il me prenait le bras avant de traverser pour défier la boue grisâtre formée le long des trottoirs.

« Vous êtes bien bonne avec moi, avait-il répété par deux fois. Je ne sais pas pourquoi… Vous avez certainement mieux à faire. »

J'avais répondu non, cela me fait plaisir, je ne voudrais pas vous voir chuter à nouveau, et puis pendant ce temps, je pense à mes articles. Il avait laissé échapper un petit rire. Sous son chapeau texan, il me lançait des regards doux.

« Vous n'avez pas froid, comme ça, tête nue ? m'avait-il demandé devant les hautes portes de Fairmont Hall. Vous devriez porter un bonnet ou quelque chose. Un bandeau autour de vos cheveux, par exemple. Ça vous irait très bien. »

À présent il nageait sous mes yeux. Son corps paraissait plus mince dans l'eau. Malgré son âge, ses muscles étaient restés fermes, ses bras, ses jambes et même son buste étaient comme allongés. Il avait la ride vaillante. Régulier dans ses longueurs, il faisait une pause toutes les dix minutes, s'accoudant au bord du bassin, à mes pieds. Il me souriait de tout son visage ruisselant, s'essuyait les lèvres avec délicatesse dans la vapeur lourde. Au loin, j'apercevais derrière la vitre d'autres nageurs, beaucoup plus jeunes évidemment. Corps parfaits. Souplesse animale. Certains s'observaient. Il y avait de la compétition silencieuse dans ce ballet aquatique. J'avais pensé subitement à Gilles. Il avait beaucoup grossi les derniers temps de notre histoire. Mais au diable, Gilles !… Qui étaient ces hommes ? Une fois vêtus, à quoi ressemblaient-ils ? Je leur imaginais une femme, un appartement, une situation – il fallait avoir les moyens pour nager à Fairmont Hall. Comment Allan Green faisait-il ? Il y avait là un tel contraste avec sa chambre de bonne.

« J'ai beaucoup de chance de pouvoir venir ici, m'avait-il dit en émergeant de l'escalier du bassin comme s'il m'avait devinée. Je suis invité permanent. Pour moi, c'est *club ouvert*. Depuis le début. »

De grandes flaques s'étalaient à ses pieds. Il se séchait, se frictionnait avec une serviette brodée aux initiales de Fairmont Hall.

« Un jour, je vous raconterai tout ça », avait-il ajouté en baissant un peu la voix.

Oui, pensai-je, racontez-moi tout, je veux tout savoir avant de vous embarquer dans mon plan. Son regard s'était comme éclairci. Son visage lissé.

Il avait enfilé un peignoir bleu nuit, s'était approché de moi et, dans un murmure :

« J'aime tant venir à Fairmont Hall. C'est mon rituel. Ça me maintient en forme. Et puis, surtout, quand j'en sors, j'ai le sentiment d'être lavé.

– Lavé ? De quoi ?

– D'une histoire très ancienne. »

XII

Haxton avait été ponctuel. Rose l'avait guetté depuis le balcon de sa chambre. Elle l'avait vu sortir de La Langouste, canne dans une main, carton à dessin dans l'autre, panama vissé sur la tête (à cette heure, le soleil était déjà redoutable). Il avait traversé la place et longé la plage avant d'emprunter la route de la corniche. Ça montait. Raide. Il fallait du souffle. Rose n'aurait jamais dû demander au vieil affichiste de la rejoindre ; c'est par élégance qu'il avait accepté. Elle en avait conçu des remords. « Une fois de plus, je ne pense qu'à moi. » Elle l'avait perdu de vue aux abords de l'escalier des Juges-Consuls, dans le fouillis des tamaris. Elle s'était alors rendue devant le miroir de sa coiffeuse pour ajuster ses cheveux, son nouveau bandeau, inspectant le fondu de son maquillage, prête pour l'immortalité. Elle poserait, quoi, deux heures ? Ce serait long. Oui, mais l'affiche serait signée Peter Fix-Haxton, une de ses dernières œuvres (sinon la dernière), et ça n'avait pas de prix.

Dans sa robe longue en lin, elle s'admirait. Depuis la veille, c'était un rétablissement spectaculaire qu'elle avait opéré. Un miracle quand, la même nuit, elle s'était débarrassée du manuscrit inachevé de son prochain roman dans une grande trahison intime, reniant ce qui l'avait tenue debout jusqu'à présent. Elle s'était laissée pour morte avant de sauter ; et ce saut était mort-né. Ayant renoncé à l'obscurité suffocante des noyés volontaires, elle se précipitait maintenant sous les projecteurs des pinceaux pour s'exhumer d'elle-même.

La chaleur était trop forte dans la salle à manger. Ils s'installèrent dans le théâtre. C'était de loin la pièce la plus fraîche au cœur du paquebot. Ça sentait la poussière, une poussière ancienne, mais c'était supportable. Sur les murs décrépits, on pouvait encore deviner de vieilles affiches, des visages en noir et blanc aux noms inconnus, vedettes de l'époque, spectacles disparus, carrières brisées par une guerre qui avait tout emporté. Il y avait surtout celle-ci, presque incrustée, qui intriguait Rose, *Le Masque d'or*, sur laquelle s'étalaient la caricature d'un méchant Asiatique à longues moustaches et les noms de Myrna Loy, Boris Karloff et Lewis Stone.

« Ça, c'était en 1932, avait commenté Haxton. À l'ouverture de La Corniche. Ils avaient organisé une grande soirée qui débutait par une projection. J'étais là. Il y avait un monde fou ! Ils avaient réussi à faire venir Boris Karloff. Et puis, après, un cocktail somptueux dans la salle de bal. J'avais dessiné le carton d'invitation. Ah, les invités ! Que des stars ! C'est ce qui a lancé la réputation de l'hôtel. Voulez-vous m'apporter un thé glacé, Rose ? »

Il avait dit cela en installant son matériel sur la scène du théâtre. Cette demi-obscurité était idéale. Deux bergères avachies se faisaient face depuis des lustres, dominant la salle et ses rangées de fauteuils cuir et acajou. Au sol, des carreaux de faïence peints à la main renvoyaient la lumière éclatante du dehors qui pénétrait par faisceaux à travers des meurtrières de béton.

Dans la cuisine, Rose prépara soigneusement deux thés glacés. L'un pur. L'autre avec un fond de whisky. Haxton n'y verrait que du feu. Cette cuisine, immense, aux placards innombrables et vides, ce serait la dernière des pièces à rénover. Juste avant la réouverture au public. Rose pensait souvent au personnel qui s'y était agité, aux serveurs en veste blanche et nœud papillon venant chercher les assiettes pour les porter dans la salle à manger, lors des repas d'apparat, à ces dames et à ces messieurs en frac arborant, telle une décoration, coincée dans le col de leur chemise, la serviette de table amidonnée par les blanchisseuses.

« Votre thé, Haxton.

– Vous êtes un ange. Tenez, asseyez-vous sur la bergère, de trois quarts. Ça ne va pas durer longtemps, je vous rassure. Ce n'est pas un portrait que je vais réaliser : je ne prendrai que la silhouette, les lignes, les grands traits. L'allure de la grande Rose St Just.

– C'est vous qui êtes un ange.

– Ce qui est certain, c'est que je ne suis pas le diable avec le cul qui trempe dans un bénitier…

– Haxton !

– … comme certains. »

Il avait à présent déployé son chevalet, fixé dessus une toile qui était un carton à gros grain, épais, et farfouillait dans une trousse boursouflée pleine de crayons de couleur.

« Ne bougez plus, Rose.

– Pourquoi avez-vous dit une chose pareille ?

– Oh, mais parce que Portfou regorge de ce type d'individus. Vous ne les remarquez pas, le soir, à La Langouste ? Le grand ballet de l'hypocrisie. Vous feriez bien, d'ailleurs, de vous méfier.

– De qui ?

– De tout le monde. Et particulièrement de Mr. Mackenzie. C'est un escroc. N'est-ce pas lui qui dînait avec votre sœur ? »

Rose écarquilla les yeux.

« Oui, en effet, répondit-elle, un peu vague.

– Ne bougez pas. Il faut ouvrir les yeux, Rose. Méfiez-vous des sourires. Les temps changent et les rapaces rôdent, prêts à tout pour s'enrichir. Vous êtes au courant de la fermeture de la gare frontière de Portfou, l'an prochain ? Ne me dites pas que vous l'ignorez. Tout le monde en parle dans la station. »

À force d'isolement, Rose s'était coupée de ce qui faisait vibrionner le monde. Même à La Langouste, plongée dans ses pensées, elle n'écoutait plus les discussions des tables voisines. Elle avait entendu parler, deux ans plus tôt, d'un projet de gare très moderne qui desservirait mieux le sud du pays. Mais elle n'y avait pas prêté attention. Haxton lui apprenait maintenant que c'était signé. La vieille gare construite par la Compagnie du Sud, avec sa marquise de verre, son buffet, son terminus qui obligeait les voyageurs à descendre le temps d'une nuit pour permettre aux transbordeuses de transférer les provisions d'un train à un autre, tout cela serait bientôt fini. Avec la nouvelle gare, le réseau ferré serait transformé : l'écartement des rails serait désormais le même entre les deux pays. Plus besoin de s'arrêter. Le métier des transbordeuses allait disparaître ; il faudrait trouver une autre activité pour toutes ces femmes qui avaient eu la vie dure. Rose n'en revenait pas.

« Portfou ne sera plus desservie ?

– Il faudra prendre une navette depuis la nouvelle gare, à dix kilomètres, là-haut, sur le plateau montagneux.

– Mais l'activité hôtelière de la station, la restauration ?…

– Une catastrophe. Tous les commerces seront affectés, vous pensez bien. Oui, méfiez-vous de ce Mackenzie. C'est lui le promoteur de cette gare. Et ce n'est pas tout : il va aussi construire un grand hôtel dominant toute la baie, au-dessus de Portfou, pas loin de la nouvelle gare, un truc immense. Son projet vient d'être approuvé. »

Rose était effondrée. Elle but son thé d'un trait.

« C'est épouvantable !

– C'est ainsi, Rose.

– Ce thé est tiède. Je vais m'en faire un autre. »

Silencieux, Haxton penché sur son esquisse mesurait à quel point il était maladroit. Il tenait trop à Rose, pourtant, pour la laisser dans l'ignorance. L'aider, oui ; mais sans aveuglement.

« Je me demande bien ce que Liz faisait avec ce Mackenzie, lança Rose depuis les couloirs en revenant avec un double thé glacé. Je suis sûre qu'elle va coucher avec lui. Elle va se rendre indispensable. Vous verrez, Haxton. Même s'il y a un appel d'offres, c'est elle qui le remportera. La "déco" ! Cette petite conne va rafler la mise. On s'arrête là ?

– On continue un peu. Gardez la même pose.

– Tout de même, ça va faire beaucoup de mal à Portfou. Il ne manquait plus que ça. Je peux m'asseoir sur mes ambitions.

– Je vous l'interdis.

– Pas un sou et pas de clients, comment voulez-vous que j'y arrive ?

– Vous allez persévérer, Rose. Restaurer La Corniche à l'ancienne, damer le pion à Mackenzie. À lui la clientèle d'arrivistes vulgaires. À vous le chic et les aristocrates d'aujourd'hui.

– Alors trouvez-moi un mécène.

– Je l'ai.
– Qui ?
– Vous.
– Quoi ?
– Dans un mois, vous êtes riche.
– Dans un mois, je suis morte.
– Ne recommencez pas.
– Je suis têtue.
– Nous sommes deux.
– Une idée en tête ?
– Un projet.
– Lequel ?
– Une soirée de gala.
– Où ?
– Ici même.
– Avec quel argent ?
– Celui de vos invités.
– Mes invités ?
– Les vôtres, les miens…
– Je ne connais personne.
– Moi je connais du monde.
– Je ne suis que Rose St Just.
– Moi je suis Fix-Haxton. »

Dans la pénombre du théâtre, une lumière s'allumait. Coup de crayon après coup de crayon, Haxton insufflait à Rose et la vie et l'espoir. Une soirée de gala avec souscriptions. Des donateurs. Le gratin. La salle de bal rouverte pour l'occasion. Peu importait l'état des murs, cela ferait partie du charme. Smokings, robes longues. Vieilles peintures, meubles défraîchis. L'exceptionnel dans le dégradé. Le huppé dans l'endormi. On en parlerait partout. Photographes, journalistes. Stars du cinéma. On inviterait Kim Novak, James Stewart, Paul Newman, Elizabeth Taylor, Jeanne Moreau, Silvana Mangano.

« C'est une blague, Haxton ?

– Oui. Mais je connais des comédiens plus… accessibles.

– Reparlons-en ce soir pendant notre dîner. »

Rose regardait la salle, émerveillée par cette promesse. Chaque pièce, chaque salle de La Corniche se peuplait tout à coup d'un public fantasmé. Un monde rendu à son passé. Un monde qui pourtant, ne le sachant pas encore, ranimerait de l'intérieur les feux éteints de la splendeur d'antan. Au milieu des visages encore flous, au milieu du mirage virevoltant de ces robes, Rose ne saisissait qu'une vision : celle d'Axel Slope l'invitant à danser sur le toit de La Corniche. S'il n'était pas parti.

Cette idée la fit redescendre sur terre. La honte qui l'avait envahie à l'apparition de Liz ne l'avait pas quittée au petit matin. Toute la journée elle avait attendu, jumelles en main, l'arrivée d'Axel Slope sur la plage. En vain. Elle avait envisagé mille pistes et redouté le pire : elle ne le reverrait jamais.

« C'est terminé ! déclara Haxton sur un ton solennel. J'ai ce qu'il faut. Vous avez été un modèle merveilleux. À moi d'achever cette affiche dans mon atelier. Vous me raccompagnez ? »

Le conduisant à travers le dédale des couloirs, Rose l'observait tendrement. Elle était persuadée que cette séance n'avait été qu'un prétexte. Sans doute depuis longtemps voulait-il lui dire tout cela, la mettre en garde, la protéger – la réveiller, en somme.

Un courant d'air brûlant s'engouffra dans l'hôtel quand Rose ouvrit la porte. Haxton l'embrassa, à ce soir, à ce soir, table 20, et s'éloigna sur la route de la corniche. Au loin, la mer tirait ses vagues contre les rochers luisants. C'est alors que Rose remarqua l'enveloppe. On l'avait glissée sous la porte. Son nom était écrit dessus. Elle l'ouvrit.

Chère Rose St Just,

C'est la dame de la caisse, à La Langouste, qui m'a donné l'adresse de votre hôtel. Nous n'avons pas vraiment fait connaissance l'autre soir. Peut-être pourrions-nous dîner à La Langouste demain ou après-demain ? Je n'ai pas le téléphone. Pouvez-vous laisser un mot à la dame de la caisse ? J'y passe tous les jours.

J'ai acheté votre dernier roman à la librairie de la place, je le lirai cette nuit.

Avec mes sentiments respectueux.

– Axel SLOPE

XIII

Par miracle, La Rose de Perse existe toujours. C'est une échoppe coincée entre la cathédrale et un hôtel, à l'enseigne d'une opérette oubliée. Elle a survécu au raz-de-marée qui a frappé tous les disquaires de la ville. À l'époque, notre père nous y emmenait le samedi ; Vincenzo détestait la musique classique et trépignait dans la boutique pendant le choix interminable du dernier enregistrement de Karajan ou de Giulini. Quand il y avait peu de monde, un cauchemar se produisait : notre père se mettait à bavarder avec la propriétaire, Mme Romy, une conseillère hors pair au chignon gris bien serré. Vincenzo exaspéré sortait alors faire deux ou trois fois le tour de la cathédrale.

À présent, le magasin est tenu par un petit homme chauve, la soixantaine, qui s'agite dans un fatras de cartons, de vinyles aux pochettes cornées et de CD qu'il plastifie ou replastifie. Visiblement, il vend surtout du jazz et de la musique de film. Mon entreprise a peu de chances d'aboutir.

Un peu agacée par le mutisme d'Internet, j'ai voulu interroger une autre source d'information : la mémoire humaine. Malgré ses propos énigmatiques, Allan Green ne se racontera pas comme ça. Trop pudique. Je dois mener mon enquête de mon côté. Titre possible pour mon reportage : *La vraie vie d'Allan Green*.

Le vendeur déploie un cou de tortue depuis son col roulé en grosse laine. Je lui cite le nom d'Allan Green. Il me fait répéter. Non, non, il ne voit pas qui c'est. Il n'est pas très calé en musique classique. J'arrive trop tard : son ancienne patronne aurait su. Il hésite.

« Est-ce vraiment important ? Je ne sais pas si j'ai le droit, mais peut-être…

– Je suis journaliste, je fais un reportage sur les grands disquaires. Mme Romy, quel souvenir !

– Peut-être pourriez-vous l'appeler ? Je vous donne son numéro. »

Stupéfaction. Cette vieille femme doit être morte depuis des lustres.

« Eh bien non, répond l'homme avec des yeux de plus en plus globuleux. Elle n'a plus d'âge mais elle vit encore. Elle sait tout. Sa mémoire, maintenant, doit avoir quelques ratés, mais essayez. Elle est un peu sourde. Que voulez-vous, à cent deux ans… »

Clochette du carillon de l'entrée. Porte refermée. Les années, dirait-on, n'ont pas beaucoup altéré l'atmosphère de La Rose de Perse.

*

Le pavillon est situé en lointaine banlieue. J'ai dû prendre un train. Une petite maison ordinaire en meulière, un étage, un jardinet propret avec deux boules de buis encadrant le perron. Seul détail qui me surprend : des volets jaunes. Jaune poussin. Dans la rue, pas un chat. Déprimant à se pendre. C'est une jeune femme qui m'ouvre, celle qui a répondu au téléphone hier. Elle n'est pas jolie mais on devine que son cœur l'est. Entre la dame de compagnie et l'infirmière dévouée. Avec un sourire bienveillant, elle m'invite à entrer. C'est sombre et ça sent la soupe, là-dedans.

« Mme Romy est prête. Elle vous attend. Je l'ai installée dans le salon. Par ici. »

Tout n'est que bibliothèques, guéridons et napperons. Des livres partout, des disques empilés dans la lumière orange d'une lampe. Un capharnaüm organisé. Des rideaux lourds de poussière, sans couleur. J'aurais honte, à la place de l'infirmière. Au fond de la pièce trône une télévision allumée, sans le son. Et devant, un large fauteuil. Une très vieille femme chétive s'y tient, que je reconnais à peine. Elle a la bouche ouverte ; ses yeux sont fixés sur l'écran, un peu vides, un peu opaques. Et ses mains agrippent les accoudoirs dans une pose de sphinx. L'infirmière a poudré son visage sans retenue et tiré ses cheveux en arrière, toute la laque y est passée. Mme Romy porte un chemisier trop grand. Sur ses épaules, un gilet de la même couleur que les rideaux. Une couverture sur les genoux et les jambes relevées par le fauteuil. Voilà ce qu'est devenue Mme Romy. Plus de comptoir, plus de clients ; juste ce précaire équilibre avant de basculer derrière la ligne de submersion.

Mon nom ne lui dit rien, évidemment. J'ai beau lui parler de mon père, de Vincenzo, elle garde la bouche ouverte. Je me suis assise sur une chaise en paille. L'infirmière a disparu, je l'entends dans la cuisine. Mme Romy a les yeux immobiles. Je lui raconte ma chronique fictive, je fais mine de m'intéresser à ces murs de livres, à cet entassement de musique silencieuse. Et puis, comme rien ne se passe, sinon parfois un son lointain qui s'échappe de ses lèvres si fines, je me jette à l'eau.

« Connaissez-vous le compositeur Allan Green ? »

De nouveau, un son entre ses lèvres. Elle tourne la tête vers moi. Une mouche tourbillonne au-dessus de la lampe. Je répète, lentement, pour qu'elle comprenne bien : « Allan Green ».

Quelque chose passe dans son regard, s'allume. Elle ferme la bouche, pince ses lèvres, remue un peu sa langue avant de déglutir.

« Allan Green, murmure-t-elle en acquiesçant. Allan Green, oui, bien sûr, je connais ce nom. »

Un long silence. L'ancienne disquaire doit se livrer à un cruel combat contre sa mémoire. Aussi discrète qu'un chat, l'infirmière a déposé un verre d'eau sur une petite table ronde à mes côtés. Je prie pour que Mme Romy se souvienne. Je pense aux volets jaune poussin, je ne sais pas pourquoi. La mouche a disparu dans l'entrée. Je me sens seule, idiote à quémander ainsi des bribes du passé auprès d'une petite vieille. Alors un déclic se produit. Mme Romy a levé les mains qu'elle croise sur ses genoux. Elle me regarde avec un regain d'énergie.

« Le vrai nom d'Allan Green, reprend-elle dans un filet de voix, c'est Grünstein. Allan Grünstein. Un immense compositeur. »

Et puis c'est un cours d'histoire de la musique. Inattendu. Mme Romy ranimée. Elle ne s'arrête plus, avale parfois la fin des mots, le regard tantôt au plafond tantôt sur moi, comme devant le client du jour qu'elle ne lâchera plus. Son chignon d'autrefois se recompose dans la lumière stroboscopique de la télévision.

Dernier représentant de l'école postromantique, Allan Grünstein avait été un enfant précoce dans l'Autriche des années trente. Entièrement sous la coupe de son père, un odieux critique musical improvisé imprésario, il avait composé sa première œuvre orchestrale à seize ans, *Concerto pour Apollon*, un éblouissant concerto pour piano et orchestre. Sa création à Vienne en janvier 1938, peu de temps avant l'Anschluss, l'avait propulsé au rang de génie. Il avait aussitôt rejoint dans la splendeur de son art Alexander von Zemlinsky, Franz

Schmidt, Franz Schreker et Erich Wolfgang Korngold. Il n'existait qu'un seul enregistrement de ce concerto, celui de la création, dirigé par Furtwängler, avec Grünstein en personne au piano.

« Il est ici quelque part. Je vous en donnerai un exemplaire. »

Après avoir stigmatisé les compositeurs juifs en déclarant leur musique « dégénérée », Hitler avait brisé leur carrière, interdisant les créations, imposant leur démission des postes qu'ils occupaient dans les théâtres ou les conservatoires. Beaucoup avaient fui l'Allemagne ou l'Autriche. Grünstein aussi s'était exilé avec ses parents aux États-Unis en 1939. C'est à cette époque qu'ils avaient pris le nom de Green. Allan Grünstein avait composé jusque-là un poème symphonique, *Gerontius*, une *Musique pour violon et orchestre*, un opéra, *Leopardo*, et trois quatuors. Contrairement à d'autres de ses confrères exilés (et de façon inexplicable), le jeune Allan n'avait pas été sollicité par Hollywood pour composer des musiques de film. Il avait grandi en enchaînant des petits boulots, loin de son œuvre si mince et pourtant si puissante. La gloire n'avait fait que l'effleurer. Puis il était rentré en Europe au début des années cinquante, ruiné. On avait ensuite perdu sa trace.

Soudain le silence. Plus rien. Après le sursaut, de nouveau la bouche ouverte, le regard vide. Cela arrive trop tôt. Parlez-moi de son retour en Europe, Mme Romy. Où est-il allé ? Le nom de Portfou vous dit-il quelque chose ? De grâce, nous n'avons pas tout dit. La mouche revient. L'infirmière aussi.

« Madame est fatiguée. Je vais l'emmener dans sa chambre.

– Elle m'a parlé d'un disque qu'elle veut me donner. Le *Concerto pour Apollon*, d'Allan Grünstein.

– Ah, oui ! Elle en a des dizaines. »

Mme Romy ne me regarde plus. L'infirmière monte sur un escabeau de bois. Je prends le disque, remercie. Et me voici dans le jardin, entre les buis, dans le froid, devant le pavillon aux volets jaunes.

XIV

L'escalier des Juges-Consuls descend jusqu'à la mer. Il y a là une petite crique. Une plage secrète, presque privée, assez mal éclairée.

Rose ne parvenait pas à dormir, trop chaud. Elle y est descendue. Comme souvent, elle reste nue sous son manteau de nuit. C'est un long vêtement blanc en soie, à pans ouverts, qu'elle serre à la taille. On dirait un grand oiseau. Elle s'en fiche, elle ne croise personne et si l'envie lui prend de se baigner, elle se déshabille dans l'obscurité des rochers les plus éloignés. Le vin blanc l'y aide un peu. Elle nage, hagarde. Elle nage pour laver sa solitude. Mais ce soir, non. Elle ne sait pas ; elle marche pieds nus dans le sable, longeant le rivage, les souliers à la main. Elle écoute le ressac. La lune étend sur elle sa lueur secourable. Quelques jours ont suffi pour lézarder son désespoir – elle n'avait rien demandé, pourtant ; elle voulait juste oublier son ennui, se battre pour La Corniche, achever son roman, se sentir utile, quoi, encore un peu vivante. Et tout a vacillé.

Elle a envie de se baigner, maintenant.

Alors qu'elle se dirige vers les plus hautes roches de la crique, elle aperçoit au loin une silhouette. Elle n'est pas seule. C'est bien la première fois. Il y a quelqu'un qui marche, comme elle, dans l'eau. Un touriste, un marin éméché ? Rose redoute les agressions. Il faut faire demi-tour sans avoir l'air de fuir. Cette fois, la lune ne l'aide pas beaucoup : avec son manteau blanc, Rose ne peut pas être plus visible. Vite à La Corniche. Elle se concentre sur les marches de l'escalier des Juges-Consuls, les cyprès qui le bordent, les fleurs de lauriers-roses comme des étoiles éteintes. Coup d'œil derrière elle. La silhouette s'est agrandie, c'est un homme. Il approche. Rose hâte le pas.

« Mrs. St Just ! »

Cette voix… Rose se retourne. C'est lui ! C'est lui, lui ! Rose s'arrête. Son cœur s'emballe – est-ce bien possible ? Mais il est là, sur cette plage, sorti des eaux, il a quitté le rivage et il sourit. Le bas de son pantalon pourtant retroussé est trempé ; ses chevilles luisent, ses pieds s'enfouissent dans le sable, il s'avance vers elle.

Rose n'a pas à se forcer pour jouer la surprise.

« Portfou, c'est tout petit ! » dit-elle bêtement.

Impossible de faire un pas. Paralysée. Elle réalise qu'elle ne s'est pas coiffée, bandeau noué à la hâte, pas maquillée, et cette soie à moitié transparente, à quoi ressemble-t-elle ?

« Quelle joie de vous croiser ! dit-il dans un sourire large et franc. Vous avez eu mon mot ?

– J'allais vous répondre. Je le ferai demain.

– C'est inutile, à présent.

– Bien sûr, bien sûr ! »

Le corps tout entier de Rose fourmille de picotements. Son visage s'est empourpré, chaud, pourpre, écarlate comme la robe de chambre du Dr Pozzi, chaud, pourpre, écarlate, l'escalier, La Corniche, Haxton aidez-moi !

« Vous venez souvent vous promener ici ? demande-t-il en caressant sa barbe de trois jours.

– Oh, oui, ça m'arrive quand il fait lourd comme ce soir », répond-elle en croisant et serrant les bras autour de son manteau blanc comme si elle avait froid.

Axel Slope ne se départ pas de son sourire. La brise anime les pans de sa chemise dont il n'a fermé qu'un seul bouton. Les ombres enveloppent ses épaules, ses cheveux que lui non plus n'a pas coiffés.

« Avez-vous des nouvelles de votre ami magicien ?

– Vous êtes gentil. Zarian s'est remis. Une chute de tension, sans doute… Grâce à vous, il a pu se reposer. Merci de l'avoir porté jusqu'à cette chambre. Vous êtes parti bien vite après l'avoir secouru. »

Axel Slope baisse les yeux.

« C'est que… j'étais seulement venu prendre un verre, pas dîner. Nous n'avons pas eu le temps de parler de tout ça. C'est pourquoi je vous ai écrit. »

Rose a incliné la tête, elle ne peut se détacher de son regard. Elle se lance :

« C'est la première fois que vous venez à Portfou ?

– La première fois.

– Vous êtes en vacances, j'imagine ? »

Il hésite. Son sourire se fait plus gêné.

« Non, malheureusement, je travaille.

– Vraiment ? Que faites-vous ? »

Axel Slope balaye l'air de la main, soupire.

« Oh, je vous raconterai. Ce n'est pas très intellectuel comparé à ce que vous faites. »

Rose décèle une once de lassitude dans son propos. Lui qui était si lumineux brusquement se ferme. Aurait-elle touché là une faiblesse ? Il y a une faille, il y a une faille, se répète-t-elle en ajustant son bandeau. Ça me plaît, je ne suis pas seule.

« D'ailleurs, dit-elle sur un ton malicieux, ne deviez-vous pas lire mon dernier roman, cette nuit ? »

Il rit, réplique aussitôt avec son léger accent :

« Il n'est pas encore minuit. Et j'ai jusqu'à l'aube. Voulez-vous marcher un peu avec moi ?

– Vous ne me lirez donc pas.

– Je veux d'abord entendre votre voix. »

Axel lui tend son bras. Rose hésite puis, tout feu tout flamme :

« Voulez-vous plutôt… venir prendre un verre à La Corniche ?

– Chez vous ?

– Chez moi. Le grand bâtiment que vous apercevez là-haut, avec la petite lumière au dernier étage. C'est chez moi. Vous vous souvenez ? Le palais avec un court de tennis sur le toit ! s'exclame-t-elle soudain joyeuse en pensant à Zarian. Je vous propose une petite visite.

– Il est tard.

– Mais non, mais non !

– Vous êtes délicieuse. »

Elle fait mine de n'avoir rien entendu, lui prend le bras. Ils se dirigent vers l'escalier des Juges-Consuls. Au-dessus d'eux, dominant la baie, les flancs de béton de La Corniche du Rayon Vert fendent la nuit, la végétation mouchetée de lis et d'asphodèles, le velours des fleurs pourpres de mandragore. Au dernier étage, en effet, une fenêtre est éclairée, une lampe que Rose n'éteint jamais, même quand elle sort. C'est sa vigie, son seul port d'attache. Ce soir, elle en est fière.

C'est elle qui impose son rythme pour monter les marches, à pas de loup – elle veut que ça dure. Il calque son pas sur le sien. Pieds nus. Il est venu (mais d'où ?) sans chaussures. Rose se dit qu'il y a quelque chose de magique dans cet instant. Ses poumons sont pleins des fragrances de Portfou, elle inspire, ça dure, oui, ça dure, c'est une plénitude qu'aucune parole ne rompt. Une faible brise lui apporte le parfum d'Axel Slope. Rose s'accroche à la rampe. Se tourne vers lui, scrute chaque instant. Elle l'a pour elle seule. Pas de Liz, pas de foule, rien ne parasite ce *côte à côte*, cette ascension, cette procession minuscule qui les conduit à l'hôtel.

Lorsqu'ils débouchent sur la route, La Corniche s'offre à eux dans toute la puissance de son architecture. Axel admire l'escalier extérieur monumental, cette dentelle de béton fermant la poupe ; c'est une large colonne ajourée à double révolution qui monte jusqu'au toit. Il s'amuse de l'ancienne station-service, de la pompe à essence devant laquelle un cortège de berlines lustrées s'arrêtait autrefois. Rose commente ; elle sait tout de l'histoire de La Corniche.

« Venez, dit-elle en tirant sa chemise, je vais vous montrer la vue. Je vous préviens, il n'y a pas d'ascenseur. »

Ils traversent le hall. Vite, vite, Rose allume des lampes ici et là pour créer une mise en scène. Le carrelage se nimbe d'auréoles dorées.

« Ne faites pas attention au moisi, j'ai prévu de refaire la peinture à l'automne. »

Axel est attentif au moindre détail, tout entier à sa découverte. Le patio fait son effet, la coupole, les couloirs façon coursives. Ce paquebot a une âme. En vérité, il en a mille. On entendrait presque les voix des clients disparus.

Parvenus au dernier étage, Rose le conduit à la proue sur l'une des terrasses, la plus large, la plus en surplomb, qui embrasse toute la baie illuminée. Axel est saisi par tant de beauté. Ils demeurent là un moment, silencieux. Rose a déniché deux fauteuils en rotin, une table basse.

« Asseyez-vous, dit-elle en chuchotant. Je vais à la cuisine chercher une bouteille. Vous aimez le vin blanc ? »

Il acquiesce, la regarde, lui sourit ; il est comme enchanté par tant de nouveauté, se dit-elle. Ça doit l'impressionner.

Quand elle revient, il n'a pas bougé. Visage tourné vers la mer, jambes écartées, mains sur les cuisses.

« Nous serons bien, ici, dit-elle en lui tendant les verres. Pour la vue et parce qu'il y a un peu d'air. À l'intérieur, on étouffe. »

Rose verse le vin, délicate, précautionneuse ; elle remarque les pieds bronzés d'Axel, réguliers – elle qui déteste les siens, elle n'en a jamais vu d'aussi parfaits. Elle s'assied à son tour, lève son verre et se rapproche un peu d'Axel.

« Bienvenue à Portfou ! »

Il rit, la remercie. Dans le ciel, la lune poursuit sa course. Pas de Liz, pas de foule. Seuls. Elle a bien fait d'aller se promener sur la plage. Ils boivent. Rose sent qu'il aimerait la questionner sur tant de choses, qu'il se retient. Il le fera plus tard, quand il en aura envie. Serait-il timide ? Depuis qu'il est ici, Rose se sent plus forte. Elle est tellement plus forte, chez elle. Elle s'enhardit. Allume une cigarette.

« Cette barbe, ça ne vous tient pas trop chaud ?

– Je rêve de m'en débarrasser ! Le temps de mon séjour ici. J'irai en ville, demain, acheter de la mousse à raser. »

Rose tire une bouffée, recrache la fumée ; une idée saugrenue la traverse.

« Voulez-vous vous raser ici ? J'ai ce qu'il faut. Les ouvriers se changent dans un cabinet de toilette où il y a tout le nécessaire. »

Sourire d'étonnement ; Axel se met à rire.

« Ne vous dérangez pas, merci beaucoup. Je m'en occuperai demain.

– Mais si, mais si, insiste Rose en finissant son verre. Tenez, je vais aller chercher le matériel. »

Elle écrase sa cigarette sur la dalle du balcon, se lève.

« Voulez-vous que je vous rase ?

– Comment ?

– J'ai toujours voulu être barbière. Je sais, ça peut paraître bizarre pour une femme, mais c'est comme ça. J'ai un sacré coup de main, vous savez. J'ai longtemps rasé mon frère. »

Rose n'a jamais eu de frère. Elle s'entête dans son idée. Déconcerté, Axel finit son verre, lui aussi. Il lève une main polie, paume ouverte, en signe de consentement.

« Comme vous voudrez, dit-il, je me laisse faire. Vous êtes décidément très inattendue, Mrs. St Just.

– Appelez-moi Rose, de grâce. »

Il rit de nouveau. Elle aussi, d'un petit rire aigu, saccadé, comme si elle se surprenait elle-même.

Le cri d'un martinet traverse la baie. Avant de s'engouffrer une fois de plus dans les entrailles de La Corniche, Rose se tient un instant dans l'encadrement de la porte, une main posée sur le haut du chambranle, pour contempler la silhouette d'Axel qui lui tourne le dos. Elle inspire l'air de toutes ses forces. Le vent soulève les pans de soie de son manteau de nuit. Puis elle disparaît.

Tout est disposé sur la petite table, à côté de la bouteille de vin et des verres sagement vidés. Ils sont assis l'un en face de l'autre, fauteuils retournés, on les dirait assis dans une causeuse. Rose est embarrassée, soudain ; pourtant il faut aller jusqu'au bout, ils en riront demain. Axel dit qu'il va ôter sa chemise, ce sera plus simple. « Vous croyez ? » Mais déjà il la déboutonne. L'étoffe glisse sur ses bras, le long de son dos, dévoilant à la lune sa peau mate, brunie par le soleil de ces derniers jours. Il est encore plus mince que sur la plage, se dit Rose en battant la mousse à raser dans un bol de porcelaine. Elle bat, elle bat, elle bat, elle se concentre sur le visage d'Axel, la naissance de son cou, elle n'ose pas, elle n'ose plus, elle s'arrête de battre, figée – c'est lui qui finalement lui prend la main et l'amène à son visage. Dans un mouvement doux et circulaire, elle applique la mousse sur les joues d'Axel, descend un peu vers la mâchoire, enveloppe ses lèvres, remonte au seuil des oreilles, elle sent son parfum, l'odeur de son corps tendu vers les reflets fauves de la mer qui semble fixer leur sort. Elle tremble un peu. C'est peut-être le vin. C'est peut-être la peur. Tôt ou tard, il faudra bien ouvrir le rasoir, il faudra bien maîtriser le tranchant, gestes rapides, pas de sang. Au sol, la chemise d'Axel se soulève un peu sous l'effet du vent. Rose repose le bol. Dans sa main, ça y est, un déclic, la lame surgit entre ses doigts, Axel lève le menton vers la lune. Lune complice. Lune qui bénit. Sainte hostie. Comme la lune est rouge, ce soir, se dit Rose. *On dirait une femme qui sort d'un tombeau.* Le métal pénètre dans l'écume blanche, s'appuie ferme contre la peau, ferme, maintenant, c'est maintenant, d'un mouvement brusque, la lame projette la mousse loin du visage d'Axel qui a fermé les yeux. Des petits nuages mêlés de poils tombent sur son torse, glissent sur ses pectoraux jusqu'au ventre. Rose s'applique. Ne pas lui faire mal, surtout, ne pas couper. Gestes rapides, pas de sang. Elle redessine le visage d'Axel, elle rajeunit le Dr Pozzi dans un élan de joie et de confiance retrouvées. Il faudra qu'elle lui montre le portrait de Sargent, plus tard, après, plus tard, pas de sang.

C'est pendant qu'elle l'essuie avec une serviette qu'Axel se met à parler. Il ne la remerciera jamais assez pour cette soirée, ne pourra l'oublier. Axel n'aurait pas osé inviter Rose chez lui. Il aurait eu honte. Rose s'étonne : honte de quoi ? Elle dépose la serviette humide sur le sol du balcon, verse ce qui reste de vin dans les verres pendant qu'il remet sa chemise. Il hésite. Ils trinquent. Ils boivent. C'est alors qu'il lui dit. Il a honte, oui. Il habite dans une roulotte. Il fait partie des gens du voyage. Il ne se fixe nulle part. Il n'est qu'un vagabond, il n'appartient à personne sinon au cirque qui l'a engagé il y a trois ans. Il est trapéziste.

XV

À travers les vitres teintées du taxi, Allan Green ne voyait pas grand-chose. Moi non plus, d'ailleurs. Notre vision se limitait au défilement des lumières, aux réverbères en pointillé de l'autoroute, à la masse sombre des voitures qui nous doublaient et ajoutaient de la nuit à la nuit. Bien calé à l'arrière dans son siège, ceinture en bandoulière sur son imperméable, Allan Green ne disait mot. Malgré mes tentatives pour le rassurer, il gardait un air inquiet. Il serrait contre lui une petite mallette dont j'ignorais le contenu. Le chapeau texan trônait sur ses genoux. Ce n'est qu'aux abords de l'aéroport que sa mine se fit plus joyeuse.

Gagner sa confiance n'avait pas été facile. Je n'avais pas voulu m'imposer, de peur de le perdre, comptant sur le rituel de Fairmont Hall pour mieux l'apprivoiser. En quelques semaines, il s'était ouvert davantage, bien que toujours très réservé sur son parcours. Bénéfique piscine ! Longueur après longueur, des éclats de confidences venaient illuminer nos discussions d'une consternante banalité – banalité qu'il recherchait, j'en étais persuadée, pour retarder notre amitié. Peu à peu, il avait laissé filtrer de maigres informations, vignettes miniatures disposées à grandes précautions sur la toile de son passé. Bien entendu, j'avais tu mon passage à La Rose de Perse et la visite à la vieille dame. Il ignorait que je connaissais son identité, son génie foudroyé et son *Concerto pour Apollon* dont l'écoute m'avait envoûtée. Cela constituait le terreau de mon enquête ; me manquaient les années passées en Amérique, son retour en Europe et les raisons de sa présence à Portfou.

Un dimanche, il m'avait invitée à déjeuner à Fairmont Hall, au club, dans le restaurant situé entre la piscine et le jardin d'hiver. Club masculin privé mais dont les membres pouvaient accueillir des invités. Entre le carré d'agneau au miel et le baba au rhum, emporté par le parfum de myrtilles sauvages d'un verre de rasteau, il m'avait fait (croyait-il) un aveu majeur qui marquait un cap dans notre relation.

Encore jeune, n'ayant pas fait d'études, il s'était essayé à plusieurs métiers. « Je suis un saltimbanque, m'avait-il dit dans un rire plein d'indulgence. J'étais assez sportif et je jouais du piano. Alors on m'a engagé dans des cabarets, des boîtes de jazz, des choses comme ça… Je faisais le clown. J'exécutais des numéros où il y avait toujours un piano. Un jour, on m'a demandé de remplacer au pied levé un pianiste souffrant. Je devais jouer le concerto pour piano d'un compositeur inconnu dont j'ai oublié le nom. Eh bien, figurez-vous, chère Amelia, que c'était ici. Ici même ! À la place de cette piscine. Autrefois, Fairmont Hall était une salle de concert. Vous l'ignoriez ? Ce concerto fut un tel succès que je l'ai souvent rejoué. Je suis une ancienne gloire de cette maison, vous savez ! Voilà pourquoi je suis considéré ici comme un invité permanent. »

Allan Green avait assoupli son masque – oh, très peu, et sans doute n'avait-il livré que des bribes, tout n'y était pas, mais il lâchait du lest. Et sportif, je comprenais mieux : son corps mince, cet entraînement régulier qu'il s'imposait. Il se soumettait à des check-up médicaux réguliers. Son cardiologue lui délivrait des bulletins attestant d'une forme physique étonnante pour son âge (que je ne connaissais toujours pas) : avec un tel cœur, il pouvait courir un marathon. Tout à mon projet, j'avais cueilli ce miracle.

Le taxi ralentissait. Le trafic se faisait plus dense. Au-dehors, les larges panneaux indiquant le numéro des terminaux ne laissaient plus aucun doute sur notre destination. Sauf que la voiture n'empruntait aucune des bretelles habituelles. Allan Green ne remarqua rien. Nous nous étions engagés sur une route secondaire qui contournait l'aéroport. Avec discrétion, je cherchais à déchiffrer une émotion sur le visage du vieil homme. Le kidnapper m'avait donné toutes les peines du monde. Je lui avais d'abord parlé de mes vacances à venir, une semaine dans un lieu de toute beauté – sans donner de nom. J'avais déployé des trésors d'évocations pour le faire rêver. Lui donner envie. L'amadouer. Ça m'avait bien pris deux ou trois déjeuners à Fairmont Hall. Il ne fallait rien forcer. L'élan devait venir de lui. « Vraiment, vous ne voulez pas me dire où c'est ? Vous êtes bien mystérieuse. » Pas difficile de tenir bon. J'avais fait grandir le rêve.

Fin février, je sentis qu'Allan Green était mûr. Je l'avais préparé depuis si longtemps qu'il se laisserait prendre dans ma nasse. Un jour qu'il émergeait de son bassin privé, dégoulinant, à la recherche de son peignoir, je lui dis :

« Vous savez, il y a une façon de savoir où je vais, cher Allan.

– Vraiment ? Dites-moi !

– Il n'y a qu'une seule façon.

– Dites-moi, je n'y tiens plus.

– C'est de m'accompagner. »

Son bras s'était immobilisé. Ses pupilles avaient doublé de taille.

« Vous n'êtes pas sérieuse.

– Si, très.

– Mais je ne peux pas !

– Bien sûr, que vous pouvez. Vous êtes mon invité. »

Il avait protesté. J'avais insisté. Tergiversations. Déjeuner à Fairmont Hall. Persuasion. Déjeuner à Fairmont Hall. Négociation. Déjeuner à Fairmont Hall. Capitulation.

Arracher la victoire m'avait fait prendre trois kilos. Je n'avais qu'une seule condition : il n'apprendrait la destination qu'au dernier moment – d'ici à quelques minutes.

La voiture s'arrêta près d'un hangar où s'alignaient des jets privés. Nous sortîmes sous la lumière aveuglante d'une forêt de projecteurs. Allan Green se coiffa de son chapeau texan tandis qu'un steward surgi de nulle part récupérait nos valises dans le coffre du taxi.

Des bruits de réacteurs couvraient nos voix. Le jeune homme nous fit signe de le suivre. J'avais pris le bras d'Allan Green, impatiente, heureuse, désirant garder mon secret jusqu'au bout. Nous contournâmes le hangar. La nuit s'était illuminée. Allan Green s'arrêta net.

C'était là. Devant nous soudain. Impressionnant, écrasant, tel un gigantesque sous-marin de toile suspendu dans les airs, à peine posé sur le tarmac. La longue nacelle, sorte de wagon de plus larges proportions, semblait supporter tout le poids de la formidable enveloppe de nacre gonflée à l'hélium. À l'opposé de l'empennage et de ses ailerons, des hélices latérales faisaient comme des edelweiss tournés vers le ciel.

J'aperçus toute une foule qui se pressait sous l'aéronef avec, au milieu, la silhouette de Vincenzo sollicité par une nuée de photographes, d'autres stewards, des hôtesses, un parterre de V.I.P. tout encostumés, des caméras de télévision. De grandes banderoles publicitaires portaient les inscriptions Z-271 et la marque du constructeur aéronautique dont le projet le plus ambitieux de ces dernières années s'apprêtait à prendre son envol. C'était inattendu, audacieux, c'était surtout spectaculaire – un *spectaculaire* que je suis si heureuse de vous offrir, Allan Green, mais oui, ne faites pas cette tête-là, voici ma surprise, voici notre voyage, de la fantaisie, de la légèreté, du luxe et du moderne, je vous enlève, je vous emmène à Portfou toute une semaine, oui, à Portfou ! Mais non, ne pleurez pas voyons, moi aussi je vous aime, venez avec moi, venez, Allan, avançons, redressez-vous, notre zeppelin nous attend.

CONCERTO POUR APOLLON

XVI

Seule sur le chemin qui menaçait de s'ébouler, Rose avançait. On ne pouvait pas la voir : il n'y avait pas de lampadaires sur le sentier des douaniers. À cette hauteur, à cette heure, elle ne croiserait personne. De temps à autre, des pierres chassaient sous ses pas et provoquaient de petits effondrements. Ça roulait dans l'à-pic avec le son d'une pluie de cailloux, ça ricochait et puis ça s'arrêtait. Le silence reprenait ses droits : les talus, la nuit, le corps minuscule de Rose perdu au beau milieu de la baie froncée d'écume. Mer fantôme, mer lointaine… En contrebas de la falaise, Portfou désilluminée faisait un croissant d'ombre et les bateaux à quai des dragées pâles qui oscillaient à peine. Nulle trace de vie du côté du cap de la Lanterne sinon l'éclat du phare. Fanal Terrace éteint ; Liz devait dormir. Au loin, l'horizon nu veillait ; sur Rose et son ascension périlleuse, sur ses émotions neuves tout imprégnées de songes. Son cœur battait par à-coups, c'était désordonné – l'effort, sans doute, ce sentier raide, le vague sentiment de se comporter telle une fugitive. La frontière n'était qu'à quelques mètres derrière la pinède et Rose aima brusquement l'idée de tutoyer la ligne invisible de l'interdit. *Où sont mes grands vaisseaux enfuis ?* récitait-elle à voix haute. Souvenirs d'enfance… Poèmes anciens, vieille langue, vieilles visions.

Dans l'obscurité luisante du large, elle distinguait au nord la passe de Kritios, ses rochers dressés, penchés vers le ciel comme la proue d'un paquebot sombrant depuis toujours. Elle pensa aux marins disparus. Elle pensa aussi à Axel, à la façon dont il avait pris congé d'elle, la veille. Il s'était montré si gentleman, si délicat, partant après bien des hésitations. Aucun moyen de le retenir ; elle avait épuisé toutes ses ruses et il avait fini par se faufiler à la manière d'un chat entre ses tentatives, regagnant la route de la corniche d'un pas souple, bien arrimé à la nuit, fier, pensa-t-elle, d'avoir courageusement résisté.

Une brise s'était levée. Il faisait noir. Rose sentit tout à coup des odeurs d'écurie. Ça tombait sur elle comme un parfum lourd, ça rampait le long de la falaise. Bientôt elle déboucha sur les hauts plateaux avec la crainte de se retrouver seule, déçue par son projet. Il n'en fut rien.

Blotties les unes contre les autres, les roulottes dessinaient une spirale colorée au pied du chapiteau. Elles s'étendaient par dizaines sur cette lande sèche, bardées de publicités superlatives, certaines éclairées de l'intérieur, d'autres trouées de grilles derrière lesquelles on devinait des fauves endormis. Quelques silhouettes, très peu (il était tard), surgissaient d'un wagon peinturluré pour aussitôt s'engouffrer dans un autre. Un nom s'étalait partout en lettres rouges, jusque sur les drapeaux qui flottaient aux mâts du chapiteau, ce grand vaisseau échoué, ainsi que sur sa coque de toile zébrée : Tetrallini Circus.

À la faveur d'un nuage providentiel, Rose gagna la plus proche roulotte du campement. Opération infiltration. Elle devait trouver coûte que coûte la roulotte d'Axel sans se faire prendre. Depuis qu'elle avait purifié son visage, elle avait le sentiment qu'il lui appartenait un peu. Ne s'était-il pas abandonné à elle ? Jusqu'à présent, Rose l'avait vu sur la plage, à la Langouste, à La Corniche ; mais pas dans son élément, ce monde des forains qui l'intriguait tant. Cette nuit, elle irait l'observer, le regarder, humer son intimité – elle finirait bien par dénicher son repaire. Aucune once de culpabilité ne la freinait, cependant ; bien au contraire, quelque chose de fort l'animait, une impatience la brûlait, une avidité étouffée depuis des années qu'il fallait apaiser. Tôt ou tard, elle le savait, elle viendrait à bout de son calvaire.

Vénus l'Écuyère Extraordinary. C'était l'inscription peinte sur les flancs du wagon. Rose s'accroupit près des roues. De là, elle apercevait l'intérieur du camp. Du linge séchait sur un fil tendu entre deux poteaux improvisés. Il y avait des bassines en fer, des seaux renversés près d'un tonneau, un tabouret pour éléphants et des malles, des réchauds refroidis. Un bivouac sans feu. On avait dîné depuis longtemps ; ça roupillait ferme. Rose déchiffra les noms de chacune des roulottes. Celui d'Axel Slope n'y figurait pas. Elle allait devoir contourner le camp, viser un nouveau poste d'observation pour lire les inscriptions peintes sur les autres voitures. Ses jambes tremblaient un peu ; une petite appréhension la gagnait. Elle tentait d'imaginer Axel les yeux fermés sur une couchette quelque part dans l'une de ces habitations modestes, sa respiration, son corps enroulé dans un drap, des photos de lui accrochées au-dessus de sa tête, lui suspendu à son trapèze, dans le vide, jeté, livré à la foule guettant la chute. Des photos de sa maison natale en Argentine, de ses parents. C'est qu'il lui avait tout raconté sur la terrasse de La Corniche.

Des coups sourds. Rose tirée de ses pensées. Ça cogne tout contre elle, sur la paroi du wagon, du côté des essieux. Encore et encore. Le cœur de Rose s'emballe. Elle se relève, lentement. Aux fenêtres, les rideaux sont tirés. Elle remarque une lucarne, au bout, d'où filtre une lumière. Les coups se font plus rapprochés, plus forts. Il y a peut-être une bête, là-dedans, qui a flairé sa présence. Pourtant ça ne ressemble en rien à une roulotte pour fauves. Rose s'approche de la lucarne entrouverte.

Épier n'est pas son genre, mais là, c'est plus fort qu'elle. Des picotements grimpent le long de ses jambes. Ça frappe la cloison de façon brutale, si brutale, des coups de bélier contre un mur. Des lueurs grasses font briller le bâti de la lucarne. Les yeux de Rose affleurent. Il y a des ombres en mouvement. Et puis un râle, un râle long, caverneux, sordide de délivrance. Rose a vu. Elle a vu le dos de l'homme, son corps épais, fripé, lourd et blanc comme une grosse poire de cire, son crâne chauve, son cou rougeaud trempé de sueur. Il est si large qu'il masque la femme. D'elle, on ne voit que les bras frêles dépassant de part et d'autre de la masse de chair maintenant inerte. Les coups ont cessé, bien sûr. Ça ne bouge plus. Rose s'est accroupie de nouveau, main sur la bouche, pleine de gêne et de dégoût. Pauvre Vénus l'Écuyère Extraordinary ! Rose n'ose plus faire un geste.

C'est au moment où elle se décide à fuir qu'elle entend remuer à l'intérieur. Le wagon se balance un peu. Rose perçoit la voix de l'homme – paroles indistinctes. On n'entend pas la femme mais un faible cliquetis, à répétition. Le bruit d'un briquet presque vidé sur lequel on s'acharne (Rose le connaît bien, ce bruit). Puis un grincement : la porte qu'on ouvre. Rose se terre, impossible de se glisser sous la roulotte. Un rectangle de lumière se découpe sur l'herbe rase, à deux mètres d'elle. Relents de lisier, odeur de cigarette. Tapie dans l'obscurité, Rose voit les pieds nus et gonflés de l'homme descendre trois marches au bout de la voiture. Il s'arrête un instant. Tire une longue bouffée. Pourvu qu'il remonte ; mais non. Ça dure, c'est insupportable. L'ombre bouge à présent, s'éloigne ; quelques pas vers le centre du camp. Rose aperçoit l'homme, soudain, vêtu d'une épaisse robe de chambre rouge et or ; il est allé s'asseoir sur le tabouret des éléphants. Il s'est retourné, cigarette au bec. Rose le reconnaît. C'est Mr. Mackenzie.

Il s'essuie le front d'un revers de manche, écrase sa cigarette sur le tabouret, en allume une autre, jambes écartées. Cliquetis à répétition du briquet. Sa bouche, toute petite et ronde, expulse la fumée par à-coups, en volutes rapprochées, serrées comme des anneaux. Il y a quelque chose de compulsif, de brutal – comme le reste. Quand il se lève, Rose retient sa respiration. Le peignoir fait une masse rouge et molle au milieu du camp. Mackenzie fait quelques pas, s'arrête, inspecte la roulotte de Vénus, s'approche. Tire une bouffée. Rose est traversée par un frisson glacé. Mackenzie l'a vue. Il a vu ses chaussures, vu que quelqu'un se tient accroupi près des roues. Il avance. Rose se redresse aussitôt, livide, recule, prête à battre en retraite vers le sentier des douaniers ; mais elle se retrouve nez à nez avec le promoteur. Sans broncher, celui-ci la regarde de la tête aux pieds. Aucun signe d'étonnement sur son visage.

« Tiens, tiens, tiens, dit-il la cigarette aux lèvres. On se promène ? »

Rose vacille, s'appuie sur la roulotte, bégaye.

« Oh, bonsoir, Mr. Mackenzie. On m'a dit qu'il y avait un cirque dans la région… Et comme je n'arrivais pas à dormir…

– C'est une heure bien tardive pour s'aventurer jusqu'ici. Vous n'avez pas peur de faire de mauvaises rencontres, dites-moi. Je vous conseille de rentrer chez vous. Et immédiatement. »

Le ton de sa voix est terriblement froid. Son regard transperce celui de Rose. Rose interdite. Il a enfoui une main dans sa poche. Reprend.

« Vous n'êtes jamais venue ici, naturellement… Vous ne m'avez pas vu, et d'ailleurs vous n'avez rien vu, rien entendu. C'est dans votre intérêt, vous imaginez bien. Sinon il risque de vous arriver des bricoles. De toute façon, personne ne vous croirait. Qui peut croire un écrivain alcoolique ?

– Mr. Mackenzie ! Je vous défends de…

– Vous ne me défendez de rien du tout. Je dis ce que tout le monde sait. Si vous saviez la réputation que vous avez ! Si les gens vous parlent encore, ce n'est ni par considération ni par amitié, c'est parce qu'ils ont pitié de vous. »

Brusquement Rose s'emporte.

« Taisez-vous ! Vous êtes odieux. Et vous, que faites-vous ici, je vous le demande ? Pas trop crevée, l'écuyère ?

– Je suis ici chez moi, figurez-vous. Sur mes terres. Je fais ce que je veux. Et bientôt, tout ceci sera le nouveau lieu à la mode de la région. Plus personne ne s'intéresse à Portfou. C'est à moitié abandonné, délabré. Ringard ! Comme tout ce que vous écrivez.

– Parce que vous savez lire ? Visiblement, vous ne connaissez pas les innombrables projets de rénovation de la station. Vous êtes aveuglé par votre énorme ambition. Énorme !

– Ne m'insultez pas, vous pourriez le regretter. Et si vous pensez à votre vieil hôtel miteux, vous parlez d'un projet ! Croyez-moi, tout le monde en rigole. Vous êtes là depuis trois ans et rien ne se passe. La seule pièce qui tienne la route, ce doit être votre cave. Je vais vous dire une chose, Mrs. St Just. Vous et moi, nous sommes Américains. Mais je suis né à New York et vous êtes née dans le Mississippi. Ça change tout. Les Américains, ici, ça n'intéresse les autres que quand ils ont réussi, quand ils ont de l'argent et quand ils en font. De toute évidence, ce n'est pas votre cas, vous le savez, et ça ne le sera jamais. Votre sœur est du même avis que moi. Alors un bon conseil, rentrez chez vous, buvez un coup et couchez-vous. Oubliez votre Corniche.

– Vous êtes ignoble.

– Peut-être, mais c'est ainsi. Un dernier conseil : cessez de harceler les entrepreneurs de la région, vous ne serez pas en mesure de les payer. Ils ont d'ailleurs signé un contrat d'exclusivité avec moi pour les trois années à venir. Ils ne pourront plus être disponibles pour retaper votre vieux rafiot. Sur ce, bonne nuit. »

Rose est au bord des larmes. Mackenzie s'éloigne. Au lieu de rentrer dans la roulotte, il se dirige vers le chapiteau d'un pas lourd, sûr de sa toute-puissance. Son épaisse silhouette finit par disparaître dans l'obscurité, derrière les tentes. Rose est dévastée. Ça recommence. Elle a soif, tout à coup. Quitter ces lieux. Axel ne peut pas la voir ainsi. Lune complice, lune qui bénit, aide-moi. Te voici. Les nuages se sont dissipés. Au sol, dans l'herbe, quelque chose brille. Rose se penche. Lune complice, sainte hostie. C'est le briquet de Mackenzie. Tombé de sa poche, probablement. Un très beau Zippo en argent, gravé aux initiales du cirque Tetrallini. Rose le ramasse, le tourne et le retourne dans sa main. Deux lettres : un T. et un C. Ses larmes coulent sur les lettres enlacées. La représentation est terminée.

XVII

L'ombre des nuages glissait sur la nappe blanche fraîchement empesée. Dressée contre le hublot (en réalité une large fenêtre inclinée vers la terre pour permettre la rêverie), la table offrait au regard un agencement des plus élégants, vaisselle de porcelaine légère, tasses, soucoupes, serviettes au sigle du zeppelin et dont la couleur s'accordait aux rideaux de lin qui bordaient les vitres, soliflore discret, cendrier de cristal gravé – on osait à peine troubler cet équilibre d'un autre temps. Où étions-nous ? Ce n'était pas un avion, ce n'était pas un bateau ; c'était un Orient-Express suspendu dans le ciel. Levée de bonne heure, j'étais encore seule dans la salle à manger. Le maître d'hôtel s'était approché : désirais-je du thé ? du café ?

L'étonnant silence qui enveloppait cette aube déserte abolissait toute réalité. Nous ne volions pas, nous glissions. Les images de ces derniers mois se désintégraient peu à peu ; même ma rupture avec Gilles me semblait dérisoire. Je me sentais libre, incroyablement libre, le cœur désenchaîné, un peu surprise aussi d'être devenue la proie de ma propre ruse quand je ne l'avais conçue que pour ressusciter un homme. La veille au soir, j'avais eu toutes les peines du monde à raisonner Allan. Il s'était mis à trembler, blotti contre moi tel un enfant, effrayé à l'idée de rencontrer tant d'inconnus, brusquement, de sourire, de discuter, lui qui s'était ingénié depuis des décennies à demeurer caché. Je fus sur le point de regretter ce que j'avais entrepris. C'est Vincenzo qui nous sauva. Rassurant, plein de compréhension, il prit Allan sous sa coupe. Il lui fit grâce des présentations et le conduisit directement à sa cabine – on aurait tout le temps de faire connaissance. J'aidai le vieil homme à défaire sa valise. « C'est une folie ! une pure folie ! » ne cessait-il de répéter.

Comme le maître d'hôtel m'apportait café, viennoiseries, bacon et jus de fruits, les premiers passagers parurent. On annonçait son numéro de cabine ; on était placé. Des stewards en veste blanche conduisaient les invités dans l'un des deux restaurants du zeppelin. Il y avait Le Jules pour les fumeurs et Le Graf pour les non-fumeurs. Chacun s'installait, conquis, aspiré par la vue, le rêve en bandoulière. On commentait, on s'observait, on se devinait derrière l'habit, la liste des passagers ayant été publiée dans les journaux et sur les réseaux sociaux quelques jours plus tôt. Le dépliant déposé avec une corbeille de fruits dans les cabines présentait un plan du dirigeable, poste de pilotage, salons promenades le long des baies inclinées, les cuisines, l'infirmerie, ainsi que les vingt-cinq cabines passagers et les espaces affectés aux soixante membres d'équipage.

Allan ne tarda pas à me rejoindre. La nuit l'avait apaisé. Avec ses cheveux coupés court désormais (je l'y avais un peu forcé), il paraissait plus jeune qu'à Fairmont Hall – quoiqu'il se déplaçât toujours avec lenteur. Je me levai ; il m'embrassa sur le front avant de s'asseoir en face de moi.

« C'est une merveille, dit-il dans un sourire éclatant. Comment peut-on oser construire un engin pareil à notre époque ? J'espère que nous ne finirons pas comme le *Hindenburg*.

– Nous n'avons rien à craindre, dis-je en lui prenant la main. Les ingénieurs ont pensé à tout.

– Mr. Green, intervint le maître d'hôtel. Désirez-vous du café, du thé ?

– Un thé, avec plaisir.

– C'est que nous avons plusieurs variétés, monsieur. Avez-vous pu regarder la carte ?

– Mazette ! fit Allan en haussant les sourcils. Je regarde.

– Alors je reviens.

– C'est aussi bien qu'à Fairmont Hall, ici. Vous êtes une petite cachottière, Amelia.

– Ce complet en lin vous va très bien.

– Je ne l'ai pas porté depuis trente ans. Ne détournez pas la conversation, voulez-vous ? Vous êtes une petite cachottière, disais-je. Vous avez manigancé tout ça derrière mon dos. »

Il plongeait son regard dans le mien, interrogateur, amusé, agréablement surpris d'avoir été dupé. Il y avait beaucoup de tendresse dans ses yeux, une joie de vieil adulte, une étincelle qui brillait pour moi comme une récompense. Le fantôme de la chambre de bonne n'existait plus.

« Seulement, reprit-il de sa voix douce, il y a une chose que vous ne savez pas, très chère. C'est que dans trois jours, c'est mon anniversaire. Et ça, vous l'ignoriez ! Le hasard vous a rattrapée. Vous ne pouvez pas savoir comme je suis heureux. Je ne sais pas très bien comment vous remercier.

– Vous n'avez pas à me remercier.

– Vous ne devinerez jamais mon âge, reprit-il non sans une petite fierté naïve. Cette fois, à moi de vous surprendre. »

Le visage de Mme Romy s'invita à notre table, le pavillon de banlieue, les volets jaunes ; j'essayai de me rappeler ses propos, la chronologie de la vie d'Allan Grünstein et m'embrouillai dans mes calculs.

« Quatre-vingt-cinq ans, annonçai-je après avoir revu le résultat un peu à la baisse pour le flatter. »

Allan émit un petit rire en dépliant sa serviette.

« Raté ! fit-il, malicieux. C'est gentil, mais c'est raté, complètement raté ! J'en ai quatre-vingt-quinze ! Ça vous en bouche un coin, hein ? Je ne savais pas quand j'allais vous le dire. En altitude, c'est le bon endroit : c'est plus proche de ma dernière destination.

– Allons !

– Une question m'a tenu éveillé un moment, hier soir. Pourquoi m'emmenez-vous à Portfou ? Comment avez-vous… »

Il hésita, regarda autour de lui puis, baissant la voix :

« Comment avez-vous su ? »

Une ombre passa dans son regard. Mais je n'eus pas le temps de répondre : une voix nous interrompit – une voix grave un peu autoritaire.

« *Is this table 20 ?* »

Nous nous retournâmes. Assise dans un fauteuil roulant, une femme à chapeau, la soixantaine, s'était approchée de nous. Elle nous considérait d'un œil mi-clos sous des paupières vert d'eau ; ses cils battaient frénétiquement. Un petit chien dressé sur ses genoux humait les viennoiseries.

« Oui, dis-je. C'est bien la table 20. Vous êtes des nôtres, certainement.

– Oh, vous parlez français ? fit-elle avec un accent épouvantable. *So let's go !* Parlons français ! Mon nom est Kay Spencer. »

Un steward surgit, il retira une chaise et avança le fauteuil roulant en bout de table.

« *Thank you*, mon petit. Vous m'excuserez, je ne peux pas enlever mon chapeau… »

Puis, sur le ton de la confidence :

« … *Because* je suis chauve derrière. »

Ses cheveux blancs et raides, coupés au ras des épaules, encadraient un visage rond un peu rougeaud. Elle leva une main qu'elle abattit sur la nappe, prenant le contrôle de la conversation, et nous interrogea.

« Alors, *guys*, qui êtes-vous ? J'ai perdu ma liste. »

Allan se racla la gorge, figé dans un sourire poli. Kay Spencer m'adressa un signe du menton :

« Vous, par exemple, mademoiselle. Vous devez être la journaliste. Vous avez une tête de journaliste. »

Je ne savais pas très bien à quoi ressemblait une tête de journaliste – pourtant elle avait visé juste.

« C'est exact, dis-je modestement. Je suis envoyée par *Babou & the City*.

– Oh, *wonderful* ! J'adore ces petits magazines pour jeunes femmes branchées. Ça m'amuse beaucoup, bravo. Ces choses inutiles sont toujours très utiles quand on s'ennnuie, *right* ? Qu'en pensez-vous, monsieur ?

– *Exactly !* lança Allan Green avec un accent new-yorkais irréprochable.

– *Oh ! You're not French ? Congratulations* ! *Let's speak in English, then !* »

Mais l'apparition de nouveaux venus interrompit cette entrée en matière des plus prometteuses. C'était Vincenzo, tout de bleu vêtu, accompagné d'un bel homme grisonnant, une petite soixantaine, costume trois-pièces et petite moustache, dont le visage émacié faisait penser à un danseur de tango des années trente.

« Puis-je vous présenter Mr. Edwin de Vries ? dit-il une main sur mon épaule. Mr. de Vries nous a fait la surprise de nous rejoindre hier. Il représente les Pays-Bas, et plus précisément la Banque centrale, l'un de nos principaux mécènes européens.

– Bienvenue au club ! lança Kay Spencer. Moi, je représente les États-Unis, un groupe de donateurs privés, le Manhattan Golden Horseshoe, dont je suis la présidente. *Welcome !* »

Le banquier nous salua, s'assit à ma gauche. Il restait une place, que j'espérais pour Vincenzo, mais celui-ci s'excusa, il devait rejoindre le poste de pilotage.

« Dans quelques minutes, dit-il, le Dr Killinger vous rejoindra. Otto Killinger est notre médecin de bord, un homme charmant, vous verrez. »

Le maître d'hôtel accourut, prit les commandes.

« Ainsi, vous êtes un passager-surprise, Mr. de Freeze ? attaqua l'Américaine.

– … De Vries, de Vries, rectifia l'homme à la moustache en se penchant un peu vers l'impotente. Eh bien oui, à la dernière minute, j'ai pu me libérer de mes obligations. La banque me laisse rarement une minute.

– Nous avons une journaliste à table, Mr. de Freeze. Faites attention à ce que vous allez dire sur vos petits arrangements financiers. Elle pourrait en parler dans sa feuille de chou.

– Soyez tranquille, coupai-je un peu agacée, je ne m'occupe pas des pages économie.

– D'ailleurs il n'y en a pas, je crois, ajouta cette Kay Spencer qui commençait à me taper sur les nerfs.

– C'est une chance que vous ayez pu trouver une cabine, dit Allan d'un air joyeux et artificiel pour détourner la conversation.

– J'ai eu beaucoup de chance. Il faut dire que M. Lambertini fait toujours des miracles. Comme l'incroyable lancement de ce dirigeable ! Impensable il y a encore dix ans, approuva Edwin de Vries en lissant sa moustache.

– Et d'un luxe insensé ! dit Kay Spencer. Mais nous avons payé pour ça, *right* ? Je regrette juste qu'il n'y ait pas de bidet dans le *bathroom*. Ce n'est pas très pratique *to wash my*…

– Ça viendra, ça viendra ! dis-je précipitamment pour ne pas en entendre davantage.

– … *to wash my dog !* » acheva la milliardaire indignée en me foudroyant du regard.

Il y eut un silence. Chacun se précipita sur sa tasse, but une gorgée, sourire confit au coin des lèvres. L'attention se porta sur le ciel et le paysage troué de lacs que nous survolions. Des filets de brume effleuraient le damier irrégulier des champs, les toits des villages, les clochers.

Le médecin de bord nous rejoignit. C'était un homme encore jeune, vif, crâne rasé régulier, une peau noire mate qu'illuminait une veste de jogging encore plus noire. Nouvelles présentations. Son arrivée détendit un peu l'atmosphère. Kay Spencer était maintenant occupée à nourrir son chien (un minuscule loulou de Poméranie) en lui enfonçant dans sa gueule aplatie viennoiserie sur viennoiserie. Le Dr Killinger commentait ce véritable baptême de l'air :

« Toute la presse en parle ce matin. Avez-vous regardé vos téléphones ? Nous avons du réseau, ici, vous le saviez ? Il y a une antenne relais à l'arrière du dirigeable. C'est vraiment une grande réussite. Votre frère est le Jules Verne du XXIe siècle, ajouta-t-il en se tournant vers moi. Vous pouvez être fière de lui.

– Votre frère ? » s'étrangla Kay Spencer.

Pour toute réponse, je lui adressai un sourire appuyé qui signifiait : « Eh oui, grosse conne. »

Le médecin reprit :

« L'ambition du programme Zeus est bien entendu le développement des modèles, la vente à l'international, l'extension au grand public pour remplacer peu à peu une partie des avions sur le réseau moyen-courrier. Nous avons pu convaincre le gouvernement, Bruxelles et nos mécènes, vous en savez quelque chose, grâce à des atouts solides. L'économie d'énergie et l'absence totale de pollution ont constitué des arguments clés. Le programme a été présenté et salué lors de la dernière conférence sur le climat. Cela prendra du temps, nous devrons modifier nos habitudes, oublier les gains de temps, mais il y va de la protection de notre pauvre Terre. Nous y arriverons. Mais je ne veux pas me faire le porte-parole de Vincenzo ou de notre commandant de bord. Ils auraient aimé vous avoir à leur table, seulement ils ne fument pas. Ils déjeuneront et dîneront au Graf. Ici, nous sommes libres de fumer comme au bon vieux temps ! Et sans risque : l'hélium est ininflammable.

– Quand on pense que vous êtes médecin et que vous fumez ! *This is so* bizarre ! »

Le Dr Killinger haussa les épaules et tira aussitôt de sa poche un paquet de cigarettes qu'il proposa à la cantonade. J'avais oublié les miennes dans ma cabine ; j'acceptai. Dans un geste de grande courtoisie, mon voisin à moustache me tendit un briquet qu'il alluma.

« Pardonnez-moi, j'ai oublié votre prénom, murmura-t-il tandis que la flamme dévorait le bout de ma cigarette.

– Amelia. Amelia Lambertini. Merci, Mr. de Vries.

– Je pense que vous pouvez m'appeler Edwin. Nous allons voyager ensemble pendant quinze jours, alors… »

Il avait posé son briquet sur la nappe. C'était un très beau Zippo en argent. Je remarquai des initiales gravées, un T. et un C. Je le complimentai : c'était très élégant. Il sourit, prit le briquet dans sa main, le tourna, le retourna.

« Oh, fit-il, merci. Il appartenait à mon père, il y a longtemps. C'est tout ce qu'il me reste de lui. Je ne l'ai pas connu. C'était un homme un peu à part. Il était trapéziste. Trapéziste argentin.

– Je vois », dis-je poliment.

Mais je ne voyais pas du tout. La seule chose que je voyais, c'était, en face de moi, le visage d'Allan Green devenu livide.

XVIII

Rose se tient devant la vitrine de la droguerie. C'est le seul magasin à Portfou où l'on peut trouver, au-delà des produits de ménage et d'entretien, quantité d'articles précieux. Cela va de la quincaillerie aux serviettes de plage en passant par des cocottes en fonte, des crayons de couleur et de la lingerie. Un formidable capharnaüm soigneusement entretenu par Georgia Papadakis, hélas menacé par l'ouverture prochaine des supermarchés sur le plateau Kraml, près de la nouvelle gare.

Plongée dans l'ombre des tamariniers, la petite place est encore déserte. Elle embaume le parfum sucré des orangers du Mexique plantés autour de la fontaine. Il n'est pas encore neuf heures. Rose est fascinée par l'agencement de la devanture et surtout par ce grand hamac en cordes, tendu entre les murs, lesté d'oreillers, de coussins de toile rayée, de serviettes de bain jaune poussin roulées en bûches comme dans les hôtels. Elle l'imagine à La Corniche, sur l'un des balcons. Le prix affiché lui semble exorbitant ; elle fera un effort, un gros effort. Il le lui faut : Axel va revenir, elle doit lui offrir quelque chose de convenable, de confortable. Elle pousse la porte du magasin. Carillon des clochettes. Derrière son comptoir, Mme Papadakis lève la tête. Sourire compassionnel. Elle retire ses lunettes d'écaille. Sous son goitre un peu flasque brille un collier fantaisie qui s'accorde aux motifs à fleurs de sa robe noire.

« Quel plaisir de vous voir, dit-elle en ajustant une épingle dans son chignon devenu blanc. Ça fait longtemps. Est-ce que ça va ? »

Rose est un peu surprise par la question.

« Ça va très bien, Mme Papadakis.

– Que puis-je pour vous ?

– Je vais prendre plusieurs choses.

– Certainement.

– Du tissu, d'abord. Un tissu rouge, un peu épais, en coton si possible.

– J'ai ça. Attendez voir. Quel ton de rouge ?

– Rouge vif, rouge écarlate.

– Écarlate, écarlate… Non, trop foncé… ça c'est plutôt orange…

– Pour faire une robe de chambre.

– Une robe de chambre ? Par cette chaleur ?

– C'est en prévision de l'hiver. Le temps de la confectionner…

– Ah, voilà ! Est-ce que cela conviendrait ? C'est du coton d'Italie. Très résistant.

– Exactement ce que je cherche.

– Combien de mètres ?
– Ah ! Je ne sais pas. Suffisamment pour…
– Vous avez un modèle ? Un patron ?…
– Non.
– Alors prenez d'abord les mesures et revenez me voir.
– Oui, les mesures, bien sûr. Je reviendrai. Et puis il me faut une machine à coudre. Pas trop grande. Avec plusieurs bobines de fil écarlate, des grosses bobines. »
Georgia Papadakis dévisage Rose d'un air vaguement perplexe.
« C'est vous qui allez coudre ? demande-t-elle avec ce même sourire apitoyé.
– Évidemment ! Pourquoi cette question ?
– Il vous faudra être prudente. Très… concentrée. »
Rose rougit. Brusquement, elle pense aux paroles odieuses de Mr. Mackenzie. *Si vous saviez la réputation que vous avez ! Si l'on vous parle encore…* Alors quoi ? Georgia Papadakis est-elle en train de l'imaginer cousant ivre morte ? La droguiste l'agace, tout à coup. Rose évacue la question, elle sait coudre, elle sait raser, elle sait diriger des ouvriers, elle sait tout faire, qu'on lui fiche la paix. La Papadakis n'a qu'un seul modèle de machine à coudre, une Singer tout ce qu'il y a de plus moderne. Ça ira – ça ira très bien. Rose la récupérera avec le tissu, la prochaine fois.

« Et puis…, reprend Rose soudain radoucie à la perspective de son projet, je n'étais pas venue pour ça mais j'ai vu dans la vitrine un hamac qui me plaît beaucoup. Je vais vous le prendre et l'emporter. Serait-il possible de le payer en plusieurs fois ? Je peux vous régler un tiers aujourd'hui. »

Le visage de Georgia Papadakis se ferme. Finis les sourires. Elle pense à son commerce. D'une voix un peu sèche, retirant une épingle de son chignon, elle s'excuse à peine.

« C'est que nous ne faisons plus crédit depuis cette année, dit-elle en détaillant les chaussures de Rose. Nous ne pouvons plus nous permettre, surtout en fin de saison.

– Oui, je comprends », dit Rose décontenancée.

Est-ce tourné contre elle ? Ne lui fait-on donc plus confiance ? C'est à son tour d'ajuster son bandeau saumon autour de ses cheveux. Elle doit avoir l'air fatigué. Après cette nuit atroce. Elle le porte sur elle. Portfou la rejette peu à peu. Seul Haxton…

Carillon des clochettes ; on a ouvert la porte. Rose se retourne. Stupéfaction. C'est Liz, tout de blanc vêtue, pimpante, le front encore luisant de ses crèmes du matin.

« Tiens, tu es là ? lâche-t-elle en passant devant sa sœur. Décidément, je te croise partout, tu n'as donc rien d'autre à faire ? Ton éditeur risque de l'attendre longtemps, ton prochain roman. Bonjour Georgia, vous êtes radieuse !

– Liz, dit Rose, excuse-moi mais je n'ai pas fini avec Mme Papadakis.

– Je suis très pressée, Rose. J'ai plein de rendez-vous. Vous finirez après.

– Il faut que nous parlions, Liz.

– Ce n'est pas du tout le moment. Dites-moi, Georgia, j'ai vu dans la vitrine que ma commande était arrivée. J'ai trois jours de retard, je suis désolée. Vous avez bien fait de le remettre en vente, je comprends, c'est normal. Je vous règle tout de suite, je l'emporte et je file. »

Tandis qu'elle sort son porte-monnaie gonflé de billets, Georgia Papadakis s'extrait de son comptoir et se dirige vers la devanture, effleure Rose en affichant une mine navrée. D'un geste fébrile, elle débarrasse les coussins et serviettes placés dans le hamac qu'elle décroche religieusement. Rose fait un pas en avant.

« Mme Papadakis !

– Je regrette, il était réservé pour votre sœur. Je peux vous en commander un autre, si vous voulez, le temps pour vous de rassembler la somme. »

Au comptoir, Liz abat ses billets comme les cartes d'un jeu au terme de la victoire. Sans se retourner sur Rose, elle lâche d'une voix haut perchée :

« Tu le voulais ? Ma pauvre, comme tu dois être déçue. Il me le faut impérativement aujourd'hui. Je reçois un invité de marque, cet après-midi.

– Tu es infecte. »

Liz serre le hamac empaqueté sous son bras, plonge ses yeux bleus dans ceux de Rose au bord des larmes.

« Tu sais bien que rien ne me résiste, siffle-t-elle. Ni personne. »

XIX

C'en était fini de ma joie (une joie bien brève) puisque aussitôt le petit déjeuner terminé, Allan Green m'avait demandé de le raccompagner dans sa cabine, saluts civilisés à droite, à gauche, à tout à l'heure, sourires distribués à Kay Spencer, au docteur, à cet Edwin de Vries dont la remarque avait déclenché chez Allan une émotion immédiate, provoquant notre retraite à petits pas, avec quel soulagement – je le lisais sur les traits du vieil homme –, une sorte de grâce que nous nous étions accordée par un sursaut de liberté pour fuir la peine capitale de la conversation mondaine, du paraître, de ce jeu d'escrime où le langage tient lieu de fleuret, l'hypocrisie de masque, sans vainqueur proclamé mais promis à des joutes éternellement recommencées ; or c'était précisément ce à quoi le vieil homme avait tourné le dos, j'avais été le bourreau lui infligeant la peine, bien malgré moi (quelle imbécile ! pourquoi n'y ai-je pas pensé plus tôt, au lieu de me concentrer sur mon étroite ambition, m'attribuer naïvement le rôle de l'ange salvateur qui ranime les souvenirs d'un amour disparu) et puis, m'étais-je dit, tant pis, trop tard, nous sommes à bord, captifs d'un monde moderne qui, prônant l'innovation, détourne le monde d'avant, nous emporte dans son rêve fort coûteux, extravagant, dont nous sommes les complices, les témoins, les victimes, peut-être – ces prochains jours nous le diront –, les mots d'Edwin de Vries ne venaient-ils pas déjà de produire une étincelle de mauvais augure, une sourde détonation qui avait pulvérisé le voile de jouvence tombé sur le visage d'Allan à présent allongé sur son lit, calme, au-dessous de la fenêtre dont j'avais tiré les rideaux de popeline, Allan calme, les yeux clos, sa main dans la mienne, à la recherche de *quelque chose* dans le silence (mais quoi ? cela m'échappait, cela glissait en lui comme un mystère d'épines), et il tremblait un peu ; il avait demandé de l'eau, encore de l'eau, pardonnez-moi, Amelia, pour cette faiblesse, je fanfaronne avec mon âge, seulement tout ça est si nouveau, si brusque, je ne suis plus habitué – dites-moi, connaissiez-vous cet homme, Edwin de Vries ? plutôt bel homme, d'ailleurs –, avait-il commenté en remontant sous son menton le drap de soie sauvage – hélas non, j'ignorais tout du banquier hollandais, le Hollandais volant, avait plaisanté Allan dans un rictus qui trahissait à la fois une peur cachée et un désir d'en rire ; cela fait si longtemps, avait-il poursuivi, changeant de sujet, oui, si longtemps, Portfou, la station, toute cette histoire, jamais je n'aurais dû vous inviter à entrer dans ma chambre de bonne, à présent j'ai compris : les photos punaisées au mur vous ont donné cette idée, n'est-ce pas ? vous êtes curieuse mais je ne peux pas vous en vouloir, vous êtes journaliste et puis, maintenant, nous sommes un peu amis, formule ridicule, je sais bien, mais je me suis obligé depuis tant d'années à un isolement au long cours que votre présence a comme éclairé les couleurs de mon île, Amelia, vous m'avez fait changer de soleil, je vous le dois – ne vous méprenez pas, hein ? ce voyage à Portfou ne me fait pas grimacer, il libère des souvenirs protégés, des parfums que j'avais mis sous clé, un visage, un sourire, le sourire d'une femme qui hante mes nuits et mes désirs enfuis, ce visage que vous avez vu, cette femme dont je peux bien vous parler, maintenant, vous avez tout fait pour, cette femme s'appelait Rose – y a-t-il plus beau prénom ? il n'y avait plus beau visage –, elle avait quarante ans, elle était seule, si seule dans ce village, en marge, une sorte de réprouvée, une âme abîmée, une partition éteinte, oh, si vous saviez combien je la comprenais : j'avais vécu tout cela, à ma façon – je vous raconterai –, deux étrangers au monde, frère et sœur dans le grand champ de ruine d'un exil *inchoisi*, et cela, personne ne pouvait le deviner, au début, quand je suis arrivé ; c'était notre secret, notre palais nocturne, notre grotte engloutie ; Rose ne s'y était pas trompée, nous nous étions reconnus, hélas cela se vit, finalement, cela se sut, s'envenima, tragiquement, bruyamment, notre valse se fit amère, se transforma en drame, à chacun sa part, à chacun sa croix, ombre ou cachot, silence ou tombeau, sentiments sans bagages, si neufs pourtant, fauchés trop tôt ; c'est ça le poison, le poison de Portfou, et ça ne s'arrête pas, ça ne s'est jamais arrêté, Rose, jamais, la preuve : tous deux nous y retournons, exhumés l'un et l'autre de nos poussières d'antan, dans une hâte mesurée, en plein ciel, happés par cet appel mouvant que nul ne peut freiner – voilà que je me livre, que je délire, la fièvre, Rose, je dois avoir la fièvre, Portfou est un poison, Portfou est étouffant, Portfou ne vous lâche pas comme ça.

XX

Les bougeoirs sont allumés. Rassemblés sur la table de la cuisine qu'ils illuminent d'une promesse fragile : partout le vent pénètre, plus fort depuis deux soirs quand vient le crépuscule, roulant des nuées rousses au-dessus de la mer. Tout fermer ? Tout ouvrir ? Courants d'air ou touffeur, il faut choisir. La radio locale annonce des orages. Par précaution, Rose a éteint les lampes. Elle tremble. Elle guette. Elle redoute la foudre. Elle boit, elle prie. Elle redoute le feu. Pluie. Éclairs. Tonnerre. La bourrasque est sur eux. Vite, elle ferme les portes-fenêtres. Le jour a disparu mais on y voit un peu.

Sonnerie. Sonnerie, soudain – quoi encore ? Le téléphone. Assez, du téléphone. Ce matin, c'était le plâtrier qui réclamait ses sous ; et à midi Haxton impatient de lancer la souscription. Mais il faut décrocher – sait-on jamais : c'est peut-être Gerald, emballé par le manuscrit, prêt à verser les à-valoir.

Rose rejoint le salon du Dr Pozzi. Elle court, bien sûr. Décroche en lançant un coup d'œil au portrait. Robe de chambre écarlate. Rose essoufflée.

« Allô ?

– Mrs. St Just ? C'est Georgia Papadakis.

– Oui ?

– Je voulais vous dire, au sujet du hamac : je me suis renseignée. Il faut compter trois semaines pour la livraison.

– C'est trop long, beaucoup trop long.

– Je le fais venir des îles, vous savez.

– Non, tant pis, je m'arrangerai autrement.

– Vraiment ? J'en ai pourtant commandé deux. Un pour vous… et un autre pour votre sœur.

– Ma sœur ? Mais elle l'a pris ce matin !

– Ah, vous n'êtes pas au courant ? Figurez-vous qu'on le lui a volé !… Elle l'avait mis à l'arrière de son Land Rover, sous la bâche, mais enfin c'est à l'air libre, ce n'est jamais fermé. Et puis elle s'est arrêtée chez le marchand de vins et spiritueux, le temps de prendre du champagne, et quand elle est rentrée à Fanal Terrace, elle s'est aperçue que le hamac n'était plus là ! Oh, elle est furieuse, si vous saviez. Furieuse !

– Écoutez, Mme Papadakis, je suis désolée pour elle mais ces histoires ne m'intéressent pas du tout. Pour ce qui me concerne, oubliez ma commande, les délais sont trop longs. Merci pour votre appel. Au revoir.

– Mrs. St Just !…
– Je dois vous quitter. Au revoir. »

*

La tempête n'aura pas duré longtemps. Le soleil a disparu derrière la lame émeraude de l'horizon. Les cieux sont lavés, tissés d'un voile fauve qui recouvre les rochers, la plage désertée, les toits luisants de Portfou qui dégouttent encore de toute cette pluie. La végétation s'est comme alourdie. Toute La Corniche du Rayon Vert est baignée d'une lumière orangée, sombre, qui luit au creux des balustrades.

Rose tient un chandelier. Elle avance au milieu d'une chambre, au deuxième étage, se dirige vers la terrasse, les portes sont grandes ouvertes. Elle s'arrête sur le seuil. Le ressac monte depuis les profondeurs de la baie. Rose immobile. Rose emplie de sa contemplation. Les cordes du hamac sont solidement attachées aux piliers de béton. Dans le lit de toile tendue, vêtu seulement d'un short blanc très court aux cuisses, les bras joints derrière la nuque, Axel Slope semble scruter la mer. Ses jambes sont étendues, ses pieds croisés l'un sur l'autre. À côté de lui, posé sur une console : un verre de jus de fruits. Son corps s'anime très peu. Juste un souffle sous le torse. Il n'a pas entendu Rose avancer d'un pas timide. Ce qu'elle avait pris pour un short n'est qu'un linge roulé. Axel dort. Il est entièrement nu.

XXI

À l'approche du soir, Allan Green me fit chercher par un steward. Allongé dans son lit, il feuilletait un magazine d'un air distrait. Bien qu'il se fût reposé toute la journée, remis de son agitation, de ses propos confus, m'appelant « Rose », une pâleur inquiète se lisait encore sur son visage.

« Voulez-vous m'apporter ma mallette, Amelia ? J'ai un service à vous demander : je me sens encore un peu faible, vous me pardonnerez. »

Je m'exécutai, retirant du casier à bagages la petite mallette en cuir qu'Allan avait tenue serrée dans le taxi, et la plaçai sur la couverture de soie brodée. Les derniers feux du couchant inondaient la cabine d'une lumière dorée, dessinant sur le cuir de chaudes enluminures.

« Nous allons nous livrer à une opération assez simple, poursuivit le vieil homme, qui ne prendra que quelques minutes. Demain je serai remis, je ne vous embêterai plus.

– Vous ne m'embêtez pas, voyons.

– Pourriez-vous faire chauffer de l'eau dans la bouilloire et prendre ma tasse, là-haut ? Vous pouvez la poser sur la table de nuit, juste ici. Ce sera parfait. »

Lorsque l'eau se mit à gronder, Allan me regarda avec tant de reconnaissance que j'en fus troublée. Qui apercevait-il derrière les traits de la ravisseuse d'opérette dont j'avais investi le rôle ? La réponse, évidente, me blessait un peu ; je voulais prolonger les heures, les jours qui me feraient paraître moi-même, afin qu'Allan m'appréciât pour la femme que j'étais, et non pour le souvenir superposé de *l'autre*. Je ne pouvais lui en vouloir : mon plan avait été déraisonnable, je n'avais rien anticipé. Bien malgré moi, je glissais à présent dans l'écrin sourdement composé de mon piège.

« Ouvrez la mallette, maintenant. »

J'appuyai sur les boutons d'argent. Déclics. Avec délicatesse et curiosité, je levai la partie supérieure. Jamais je n'aurais pu me douter de ce que j'y trouvai.

Éparpillées, en vrac, il y avait-là une multitude de fleurs séchées. Un monceau de pétales mélangés en un formidable pot-pourri bleu pourpre dont le délicieux parfum d'amande se répandit autour de nous. Allan se fit malicieux.

« C'est mon secret pour bien dormir. Une variété d'iris que je fais venir de Portfou depuis des années. L'*iris coronaria*, l'iris couronné. Il pousse sur les hauteurs. Vous en plongez un pétale dans l'eau chaude, vous faites infuser avec du thym sauvage – tenez, le petit flacon sur le côté, là – et vous dormez comme un enfant. Vous sentez ces arômes ? N'est-ce pas merveilleux ? Hier soir, dans mon excitation, j'ai oublié ma dose. Seulement, attention, il faut en prendre très peu. Un pétale ou deux, jamais plus. À forte dose, c'est du poison. Ça vous tuerait un lion. Voulez-vous bien m'en servir une tasse ? »

XXII

Le canot à moteur filait sur la mer lisse. Au loin, la baie miroitait sous le soleil de dix heures. Des voiliers appareillaient, timides, quelques silhouettes s'affairaient sur la digue, le croissant de la plage, la promenade des Italiens. Tout scintillait autour d'eux. On pouvait deviner la présence de leur canot, léger, si léger, qui longeait le littoral en direction du cap de la Lanterne. Le bruit du hors-bord n'était que crépitement, renforcé par le grand silence blanc du calme plat. Pas un souffle de vent.

Rose était à la barre. Bandeau autour des cheveux, le menton levé, fière, elle humait son bonheur. Son châle de toile se soulevait, ondulait dans l'air chaud, une traîne de mariée qui ombrait la mousse du sillage bouillonnant. À l'avant, assis de biais sur le coffre à ancre, le buste bien droit, Axel Slope scrutait le large, main en visière sur le front. Il portait un short blanc et la chemise nid-d'abeilles en lin écru que Rose avait remarquée, la première fois, à La Langouste ; elle était ouverte et les pans flottaient, eux aussi, au rythme de leur avancée. Le visage d'Axel était celui d'un enfant émerveillé – et cela remplissait Rose d'une joie étrange, jusqu'ici inconnue.

Depuis trois jours maintenant, Axel habitait à La Corniche. Rose avait arrangé (et surtout rangé de fond en comble) le salon du Dr Pozzi, le transformant en chambre de luxe avec ce qu'elle avait pu trouver de plus somptueux dans le bâtiment. La pièce formait à présent une véritable suite. Axel avait même son téléphone privé. Terrasse, lit double avec le meilleur matelas possible, cabinet de toilette aux marbres nettoyés, et puis, surtout, la grande galerie des peintures de l'oncle de Boston. Rose avait disposé la tête de lit sous le portrait du Dr Pozzi. Vivante réminiscence du modèle écarlate, Axel dormait sous son double.

Le cirque Tetrallini n'y voyait aucune objection : il n'était pas rare que les artistes trouvent à loger chez l'habitant ; on y dormait quand on voulait, on avait ainsi des histoires à raconter quand on rejoignait la troupe, des histoires souvent plus extraordinaires que leurs propres numéros réglés depuis longtemps. Seule obligation : ne pas manquer les répétitions. Certaines pouvaient se prolonger le soir ; Axel restait alors dormir dans sa roulotte. Rose n'avait pas osé lui avouer son escapade nocturne pour l'y surprendre. C'était très bien comme ça.

« Vous savez, Axel, cria Rose par-dessus le bruit du moteur, je suis vraiment contente pour La Corniche. »

Axel se retourna. Son sourire était éclatant. La lumière s'enroulait dans ses cheveux.

« Ça se voit, Rose ! Vous avez l'air changée, vous êtes radieuse ! »

La vitesse du canot gonfla sa chemise, découvrant ses épaules brunes, ses bras fermes à qui il devait toute la grâce de ses sauts périlleux.

« Le chantier va s'accélérer..., reprit Rose. Les entrepreneurs de la région me l'ont assuré, ils vont redoubler d'efforts. Ils savent que La Corniche est un joyau ! Je pourrai bientôt rouvrir au public la salle de cinéma... Dans quelques semaines... J'espère que vous pourrez voir ça ! »

Au fond, et depuis qu'elle avait rencontré Axel, Rose espérait beaucoup plus. Comme personne ne pouvait prévoir le succès des représentations, on ne savait combien de temps le cirque resterait sur le plateau Kraml.

« Et l'hôtel sera entièrement refait pour la saison prochaine ! se hasarda-t-elle en augmentant les gaz sans s'en apercevoir.

– Il faudra que la troupe revienne...

– Ou que vous restiez...

– Rester ?

– Ça ne tient qu'à vous... Vous ne serez pas trapéziste toute votre vie. Vous m'excuserez, mais il arrive un âge où...

– Rose ! C'est mon métier !

– Vous pourriez en changer… M'aider à tenir l'hôtel.

– Je ne vous entends pas.

– Je dis que vous pourriez m'aider, cria Rose. Nous serions les patrons de La Corniche. »

La vitesse la grisait. Pour une fois, ce n'était ni le champagne ni le châteauneuf. L'eau défilait comme une promesse de rétablissement. À deux. Même si Axel ne s'était pas encore déclaré. Pas plus qu'elle, d'ailleurs. Chez elle, c'était à cause de son côté vieux jeu ; chez lui, c'était peut-être une question de culture – Rose ignorait tout du comportement masculin des Argentins ; elle comptait sur le temps.

« Rose, vous savez que ma famille, c'est la troupe. Je ne suis qu'un vagabond. Pourquoi ne pas venir avec moi, plutôt ? Lâchez cet hôtel qui est et restera une charge. Rejoignez les Tetrallini ! Je peux en parler à Mme Tetrallini, si vous voulez. Elle est submergée par les tâches administratives et recherche un adjoint.

– Vous n'êtes pas sérieux ?

– Je suis très sérieux !… Pour le moment, c'est l'une de nos écuyères qui l'aide, la petite Vénus, seulement elle n'est pas très rigoureuse… »

C'était la première fois qu'Axel venait la chercher sur son territoire. Cela signifiait qu'il y avait pensé sincèrement. Pensé à elle. Pensé à l'avenir. À deux. Rose ralentit, changea de sujet.

« Nous pourrions aller manger des huîtres de l'autre côté de la frontière. Il paraît qu'elles sont énormes ! Délicieuses ! Et la côte est splendide, la végétation est très différente, beaucoup plus sauvage. Ça vous dirait ?

– Bien sûr !... Mais on se baigne d'abord. Là-bas, vers la falaise. Regardez la couleur de l'eau ! On dirait un lagon. »

Axel désignait la pointe de la Lanterne. À l'aplomb de Fanal Terrace. Sous les fenêtres de Liz. Ils pourraient y être en cinq minutes. Oui, c'était une excellente idée. Rose y avait pensé mais n'avait pas osé. Elle jubilait. Ils feraient du bruit pour qu'on les entende bien. Enhardie par cette perspective, Rose lança :

« Aimez-vous le portrait accroché au-dessus de votre lit ?

– Le médecin en robe de chambre ? Celui à qui je ressemble ?

– C'est ça ! Eh bien c'est une toile de Sargent. Vous connaissez John Sargent, n'est-ce pas ? »

Elle n'entendit pas sa réponse, hésita, puis, en remettant les gaz :

« C'est un original !... mentit-elle. Ça vaut des millions ! Je vous le donne. Il est à vous ! Le jour où vous partirez, vous pourrez même l'emporter dans votre roulotte. Si vous partez, bien sûr...

– Je ne peux pas accepter, Rose.

– Nous en reparlerons... »

Ils demeurèrent en silence jusqu'à ce que le canot entre dans la crique. Rose stoppa le moteur. Elle avait choisi un point suffisamment éloigné de la plage pour qu'ils puissent être observés. De là, ils apercevaient de façon très nette les fenêtres coulissantes de la maison perchée en haut de la falaise. Elles étaient grandes ouvertes. Liz ne devait pas être loin.

« On jette l'ancre ! fit Rose en ramenant le long de ses bras les pans de son châle. Je vais vous aider. »

Elle se leva. L'embarcation tangua, Axel protesta :

« Je m'en occupe ! Mettez-vous à l'aise. »

Tournant le dos à Rose, il souleva le coffre, récupéra le grappin qu'il porta au bord du canot, le fit basculer dans l'eau avant de le laisser filer. La chaîne se dévida en raclant contre le chaumard avec un bruit sourd, saccadé. Rose se pencha. L'eau était claire et pure, d'un vert opalescent ; on apercevait les fonds marins comme dans un aquarium. Le parfum sucré des amandiers enveloppait la crique.

« La chaîne est trop courte ! lança Axel. Il faut se rapprocher de la plage.

– Non, non. On est bien, ici. Si l'on va plus loin on sera embêtés, il y a un passage avec de mauvais courants. »

Bien entendu, Rose n'en savait rien ; mais elle dit ces mots avec tant d'assurance qu'Axel n'insista pas.

« Nous allons dériver, fit-il remarquer.

– Oh, très peu. Il n'y a pas un souffle de vent.

– Comme vous voudrez. »

Après avoir remonté la chaîne, il ôta sa chemise d'un geste vif et déboutonna son short qu'il laissa glisser le long de ses cuisses, le piétinant à moitié. Dans le contre-jour, son corps tendu faisait un bronze antique. Il lança un coup d'œil fripon à Rose, joignit les bras et les mains vers le ciel et plongea. Le canot se balança dans l'éclat de rire de Rose éclaboussée. Un vol de martinet longeant la baie fit écho à sa joie. Axel refit surface presque aussitôt, chassant l'eau de ses yeux et peignant de ses doigts ses cheveux en arrière.

« À vous, maintenant ! » ordonna-t-il.

Rose lui adressa un sourire gêné.

« Je vous regarde, dit-elle.

– Vous ne venez pas ? demanda-t-il, surpris.

– Je dois garder le canot. Sans ancre, il faut quelqu'un à bord.

– Rose, s'il vous plaît ! On restera à côté du canot, je vous le promets.

– Baignez-vous. J'irai quand vous remonterez.

– Ne soyez pas inquiète, voyons.

– C'est non ! »

Rose n'avait jamais eu l'intention de se baigner. Elle n'aimait pas son corps si blanc, sa jeunesse en allée, le criant délabrement de la chair dans la clarté du matin. Elle avait peur. Elle n'aimait que la nuit.

Au loin, Axel filait un crawl parfait. Une fois vieux, se disait Rose, il passerait son temps dans des clubs huppés, des piscines de luxe – car il serait riche, tous deux seraient riches, Haxton ne l'avait-il pas garanti ? La souscription pour la soirée de La Corniche relancerait la belle endormie, ce n'était pas possible autrement, Portfou désormais courtiserait Rose, elle serait réhabilitée, elle remportait un prix prestigieux pour son prochain roman, et avec ça beaucoup d'argent, obsessions, obsessions, hôtel, roman, hôtel, roman, obsessions. Axel nageait. Rose songeait. Carafe de vin ou pot au lait, elle dépensait déjà ses trésors imaginaires dans le roulis du canot. Elle n'avait pas vu Axel revenir vers elle. Les mains sur le rebord de l'embarcation, dégoulinant, il lui offrit un sourire comblé :

« Elle est délicieuse. Vous avez tort. Je remonte. À vous, maintenant.

– Axel, Axel, je n'ai pas envie… Pas tout de suite. »

Elle s'était approchée de lui pour l'aider mais il s'était déjà hissé à moitié ; la barque penchait dangereusement. Axel interrompit ses efforts, fixant Rose du regard. Il lisait l'appréhension dans ses yeux, un effroi minuscule niché au fond de la prunelle ; il ne comprenait pas. Il lui prit les poignets, puis, d'une voix douce, avec tendresse :

« Qu'avez-vous, Rose ? Que se passe-t-il ? »

Elle ne répondit pas. Elle était brusquement paralysée ; elle se mit à trembler, ses mains dans celles tièdes et humides d'Axel.

« Vous ne voulez plus me parler, Rose ? Qu'ai-je fait ? »

Il opéra un rétablissement fulgurant dans une grande gerbe d'eau et s'assit sur le banc. Rose était toute mouillée. Elle riait nerveusement. Son châle détrempé, à présent transparent, laissait voir ses petits seins, sa peau fine cachés au monde depuis si longtemps, enfermés, clos comme les volets de son hôtel, étrangers aux mouvements de la vie. Rose était un animal traqué. Un cœur traqué. Un corps craqué oublié dans les remises obscures de sa très vieille solitude. Axel reprit :

« Pourquoi ne voulez-vous pas vous détendre ? Vous ai-je blessée ? Vous ai-je embarrassée ? »

Il tenait ses mains serrées contre son torse. Ce n'était plus, soudain, le trapéziste fuyant et vaporeux des balcons de La Corniche ; c'était un homme rassurant qui lui parlait. La protégeait.

Rose leva les yeux pour affronter (pensait-elle) le regard d'Axel ; mais elle n'avait qu'à l'accepter. Et ce regard était franc, doux comme la façon dont il approcha sa joue de celle de Rose, sans la brusquer, lentement. Rose reconnut cette douceur. Ne l'avait-elle pas déjà éprouvée à La Langouste, le soir du tour de magie avec Zarian ? L'odeur de ce corps, les lignes de ce visage… D'une main enveloppante, Axel caressa la nuque de Rose qui n'était plus qu'un petit oiseau frissonnant. Axel chercha ses lèvres. Elle se laissa faire. Plus rien d'autre ne comptait à cette seconde. Rose se déshabillait du poids de son malheur.

L'éclat d'une voix qui les appelait tomba tout à coup du haut de la falaise. Une voix féminine. Tous deux levèrent la tête.

Sanglée dans un bikini croisé blanc nacré, un ras-du-cou allongeant sa silhouette, Elizabeth St Just descendait l'escalier creusé dans la roche, une main sur la rampe en bois ; de l'autre, elle leur faisait signe.

« Ouh, ouh ! J'espère que je n'interromps pas un charmant tête-à-tête ? Je vous ai vus depuis la terrasse. Je peux me joindre à vous ? Je ne me suis pas encore baignée ce matin. »

Marche après marche, elle rejoignit la plage. La crique, quasiment privée, était déserte. Liz déposa un sac de paille sur le sable, déplia une serviette et s'approcha du rivage, mains sur les hanches.

« Gardez-moi une place ! lança-t-elle. J'arrive ! »

Axel et Rose se regardaient, déconcertés.

« Elle gâche toujours tout, murmura Rose furieuse contre elle-même. Elle ne va plus nous lâcher.

– Difficile de faire autrement, fit Axel navré.

– Nous filerons vite manger nos huîtres. Oh, Axel, je suis désolée.

– Ne t'excuse pas. Ce n'est pas ta faute. Tu n'y es pour rien.

– Vous me tutoyez ?

– Et pourquoi pas ? J'en avais envie depuis des jours. Je suis timide, vous savez.

– Ah ! Tenez, voyez : vous n'y arrivez pas ! »

Ils rirent. Axel serrait les mains de Rose avec ferveur. Le monde n'avait plus la même couleur. Au loin, Liz nageait dans leur direction. Une brasse papillon peu ordinaire, frénétique ; les bras, dans leurs moulinets, semblaient poignarder la surface de l'eau. Il y avait une sorte de rage dans ses mouvements que venait contredire son sourire de magazine lorsqu'elle s'interrompait pour reprendre son souffle. Bientôt, elle fut devant l'étrave et, après avoir longé le canot, s'accouda au plat-bord. Rose se concentrait pour paraître gentille, accueillante, pour éteindre son exaspération naissante. Elle devait faire ça pour Axel, pour eux deux, avant de la fuir à plein gaz en la laissant barboter comme une idiote.

« Tu connais Axel Slope ? demanda Rose avec bienveillance.

– Oui, oui, on se connaît ! On se connaît !... répondit Liz en balayant l'air de la main. Tu as l'air d'oublier que la station est toute petite.

– Comment allez-vous ? s'enquit Axel sur le ton poli qui était familier à Rose.

– Je me porte comme un charme ! Nager dans cette crique est un véritable bonheur. Et il n'y a personne ! En Australie, où que vous alliez, il y a toujours un monde fou sur les plages. Je redoute toujours un accident de surf. En même temps, on peut faire de belles rencontres, vous me direz. »

Liz se balançait au soleil, se hissant et s'enfonçant dans l'eau tour à tour le long de la coque, mimant un exercice sportif qui lui conférait la grâce d'une sirène montée sur ressorts.

« Quel heureux hasard, reprit-elle, que vous soyez venus vers chez moi. Il faut dire que c'est l'endroit le plus agréable. Vers chez toi, là-bas, l'eau est sale, on se baigne dans les égouts et les détritus du port. »

Rose haussa les épaules dans un sourire figé en nettoyant ses lunettes de soleil. Liz émit un petit rire puis, tendant une main paume ouverte :

« Vous venez nager avec moi, Axel ? Ne comptez pas sur Rose pour nous rejoindre, elle déteste se baigner, elle a honte de son corps.

– Qu'est-ce que tu racontes ? réagit Rose, les yeux écarquillés. Je n'ai pas du tout honte de mon corps.

– Mais si, tu le sais très bien, voyons… Vous venez, Axel ? Rose va garder la barque. »

Axel lança à Rose un regard plein de confusion, presque d'excuse – auquel elle répondit en fermant les paupières avec une moue de consentement à peine perceptible. Après tout, quoi ? il n'avait pas à demander son autorisation.

Elle soupira. Il plongea. Liz se détourna du canot sans un mot et rejoignit Axel en quelques brasses.

Une faible brise s'était levée, une brise annonciatrice d'une plus forte chaleur, et l'embarcation se mit à osciller en dérivant faiblement vers le large. La côte tirait sous le ciel sa ligne aveuglante avec ses maisons blanches et ses haies d'oliviers aux reflets argentés. La Corniche s'élevait de toute sa masse à l'autre extrémité de la baie, fendant de sa proue immobile ce *finisterre* à l'abandon. Instants fragiles. Silence. Apesanteur. Sombres pressentiments.

*

Ils nagent, là-bas. De conserve. Au même rythme. On les dirait complices depuis vingt ans. Se parlent-ils ? Rose ne peut les entendre, ils sont trop loin. Un éclat de rire, parfois. Un filet de voix. Des éclaboussures. Les petits battements de jambes de Liz.

Rose a fumé cigarette sur cigarette, triturant le Zippo gravé aux initiales du cirque Tetrallini. Elle ne pense à rien, pour une fois. Ça vaut mieux. Elle n'a pas de montre. L'ombre du cap de la Lanterne a grandi sur la mer telle une grande flaque mauve.

Soudain ils appellent Rose. On arrive !

Ils sont là. Ils l'aspergent copieusement en grimpant dans le canot. Radieux, tous les deux. Au fond de l'embarcation, il n'y a plus un centimètre carré de sec. Ils se sèchent bruyamment, surtout Liz ; Axel s'est assis sur le coffre à ancre – sa place favorite –, visage et corps offerts au soleil.

« Tu ne t'es pas trop ennuyée ? demanda Liz.

– Pas du tout. J'ai pensé à mon roman. Aux prochains chapitres.

– J'espère pour toi que ce sera un best-seller, cette fois. Tu as bien besoin d'argent.

– Liz ! coupa Rose en lui lançant un regard noir.

– Quoi ? C'est vrai, tout Portfou sait que tu es fauchée, que La Corniche ne vaut pas un clou. Il faut que l'argent rentre pour que tu puisses enfin payer les entrepreneurs.

– Liz ! Liz !

– Mr. Mackenzie m'a dit qu'ils ne voulaient plus travailler pour toi. Que le chantier était à l'arrêt.

– Liz, je t'en prie, ça ne regarde personne. »

Axel s'était retourné. Ses yeux interrogeaient Rose.

« Vraiment ? » demanda-t-il, mi-inquiet mi-déçu.

Il y eut un silence.

« Liz exagère, murmura Rose.

– Absolument pas, asséna Liz en ajustant le cordon de son ras-du-cou.

– Figure-toi que j'ai une grosse somme d'argent qui arrive dans quelques jours. J'en ai déjà parlé aux ouvriers.

– Une grosse somme d'argent ? Ah ! On voit mal d'où elle peut venir. Il faudrait quand même que tu admettes, un jour ou l'autre, que tout ça est sans espoir, que tu es ruinée et que si ton éditeur ne consentait pas à te verser avance sur avance, tu serais à la rue. »

Rose piqua un fard. De honte, de colère. Odieuse humiliation. Elle puisa en elle suffisamment d'énergie pour garder son calme, se maîtriser, et dit à sa sœur :

« Liz, je ne suis pas certaine qu'il faille poursuivre cette conversation. »

De nouveau, un silence. Liz inspectait ses avant-bras qu'elle caressait d'un air satisfait.

« Avec tout le respect que je vous dois, fit Axel d'une voix douce, c'est en effet une conversation qui ne me regarde pas. Nous allons rentrer. Rose a beaucoup à faire à La Corniche et je vais l'y aider avant de retourner à mes lectures dans mon hamac. »

Liz fit un bond, foudroyant sa sœur du regard.

« Quoi ? fit-elle en criant. Un hamac ? Il n'y a jamais eu de hamac à La Corniche ! »

Rose soupira lourdement.

« Si, se contenta-t-elle de dire. Maintenant, il y en a un. »

Axel, qui voulait l'aider, appuya :

« Rose l'a installé il y a trois jours. Très beau. En coton tressé. »

Liz se leva dans le canot. Elle éructait.

« Quoi ? C'est toi, le hamac ? C'est toi qui m'as piqué le hamac dans le coffre du Land Rover ? »

Elle se jeta sur Rose, qu'elle se mit à secouer par les épaules. On ne pouvait plus l'arrêter.

« C'est toi ! Petite salope ! C'est donc toi ! Tu n'es qu'une petite salope ! Me faire ça, à moi ?!

– Arrête, arrête ! » hurlait Rose qui se débattait.

Liz se cramponnait à sa sœur ; ses mains, à présent, serraient le cou de Rose. Axel s'était précipité sur elle.

« Lâchez-la, voyons ! »

Mais elle n'écoutait rien. Rose vacillait. Le canot roulait au rythme de la lutte. Axel ne parvenait pas à arracher Liz dont l'entêtement féroce tournait à la violence. Rose parvint à se dégager un bref instant, décochant un coup de poing maladroit dans le cou de Liz pendant qu'Axel la ceinturait. Liz ne cessait d'insulter sa sœur. Rose s'était mise à pleurer. Ses pieds raclaient le fond de la barque dans un bruit de clapotement. Les sanglots de l'une se mêlaient aux râles de l'autre. Axel se démenait, déployant toute sa puissance pour les séparer. Rose avait saisi les cheveux de sa sœur qu'elle tirait comme autrefois, fort, lui arrachant des cris ; mais cela n'avait aucun autre effet. Elle ne capitulait pas. La main de Rose rencontra le bras d'une rame en bois ; elle tenta de la soulever mais elle était trop lourde. De toutes ses forces, elle s'accrocha à l'aviron – sa dernière chance. Liz souriait, ses yeux bleus souriaient au vide. Puis, brusquement, le ciel se renversa et tous trois basculèrent en arrière dans le canot. Axel était parvenu à ses fins ; il s'était accroupi au-dessus de Liz plaquée dans le fond et maintenait ses poings dans l'eau sale. Ils se regardèrent, hébétés, exténués comme après des étreintes trop brutales. Il n'y eut plus un mot, plus une parole, seuls leurs souffles ahuris perdus dans le grand scintillement bleu pourpre de la baie.

XXIII

C'était l'heure du rayon bleu. Il faisait déjà nuit sur la Terre mais à cette altitude, au-dessus des nuages, c'est l'instant où le soleil replie ses ultimes fronces de feu dans le ciel s'éteignant. Ça ne dure que sept secondes. Un filet, une épée, une lame d'azur qui fend ce qui n'est pas une aube ni plus tout à fait un crépuscule. Ça éblouit. Ça fascine. Ça disparaît aussitôt. C'est infiniment beau et infiniment bref.

Minuit approchait et je m'étais installée pour y assister dans l'un des profonds fauteuils du salon-promenade face à la baie vitrée. Plongée dans une quasi-obscurité pour permettre l'observation du phénomène, la galerie n'était éclairée que par de petites lampes diffusant une lumière douce. Elles étaient disposées à l'arrière des fauteuils, de sorte qu'elles ne pouvaient se refléter dans la paroi de verre. J'étais presque seule. La plupart des passagers avaient rejoint leur cabine tandis que le dirigeable glissait sur le lit d'écailles des nuages.

Je venais d'allumer une cigarette lorsque je vis arriver le Dr Killinger. Il s'était habillé pour la soirée, costume sombre, chemise pivoine. Il s'assit à côté de moi en m'adressant un large sourire. Je sentis son eau de toilette discrète, délicieusement vanillée et citronnée, un parfum de magnolia.

« Nous volons actuellement à une altitude de quatre mille mètres, dit-il en scrutant son téléphone portable. La température extérieure est de – 12 °C. Vitesse : 163 km/h. Temps calme. Pas de turbulences. La nuit sera belle. On ne vous a pas vue au dîner. Votre père est-il souffrant ? »

À mon tour, je souris, lui offris une cigarette qu'il accepta.

« C'est un monsieur très âgé, dis-je. Il a eu un petit coup de fatigue. Tout cela est si nouveau, ça le perturbe un peu.

– Que puis-je faire pour lui ? Voulez-vous que je l'examine ?

– Ce n'est pas la peine, je crois, il boit du thé et a dîné d'un potage. J'étais avec lui, ça va mieux. Merci, docteur.

– Docteur ? »

Il se mit à rire et me prit brièvement le bras. Je retins un instinctif mouvement de recul.

« Certainement pas ! poursuivit-il. Appelez-moi Otto, sinon je ne vous parle plus. Cette vieille folle de Kay Spencer ne s'est pas fait prier, croyez-moi !

– Je ne la trouve pas très sympathique.

– Personne, rassurez-vous ! Seulement, il était difficile de ne pas l'inviter. Elle pèse quand même plusieurs milliards… Votre frère s'en est voulu de la placer à votre table, mais il savait que vous auriez assez de repartie pour lui rabattre son caquet. »

Son ton était amical. Il y avait dans ses manières une élégance et un naturel qui ne pouvaient laisser indifférent.

« Vous connaissez Vincenzo depuis longtemps ? demandai-je.

– Un an, environ. Pendant la dernière phase du projet. C'est lui qui m'a proposé de rejoindre l'équipe. J'ai investi quelques sous… Il ne vous a jamais parlé d'un grand Black râleur qui a retoqué par trois fois le dispositif d'hygiène ? Sans parler du dispositif médical ?

– Non, il ne m'a rien dit. Il est très occupé. Mais je suis certaine que ça lui fait du bien de s'entourer de personnalités qui lui tiennent tête !

– Merci ! Vous pouvez être fière de lui. Il fait figure de véritable pionnier avec ce projet. Bien sûr, d'autres constructeurs aéronautiques s'y sont mis depuis, mais c'est Vince qui a inscrit le concept dans le programme écologique. Les Anglais ont d'abord suivi, puis les Allemands bien entendu, un peu vexés, et les Américains qui sont en retard, pour une fois. C'est Vince qui a raflé la plus grosse part du marché. Son carnet de commandes donne le vertige. Vous imaginez ? Aucune émission de carbone ! Avez-vous remarqué la myriade de micro-panneaux solaires sur l'enveloppe du dirigeable ? C'est toute cette énergie qui nous propulse. Sans compter que l'on peut se poser n'importe où : pas besoin d'infrastructure. En Asie et en Inde, ils font les trois huit pour nous rattraper, ils sont à fond ! »

Otto Killinger parlait avec passion et précision. Sans un geste. Son œil étincelait.

« Le temps des trajets sera pourtant plus long, observai-je.

– Vous avez raison, mais vous verrez : on s'y fera, d'autant que l'espace à bord a été entièrement pensé pour accueillir des hommes d'affaires. Il y aura des salles de réunion, des bureaux, des bulles pour s'isoler. Avec la technologie embarquée, ce sera plus facile et plus confortable que dans un train ou un avion. J'espère que vous parlerez de tout ça dans votre reportage. Vous n'avez pas de caméra ? Vous filmez avec votre téléphone ?

– Je ne m'occupe que de presse écrite. Vous êtes prêt pour une interview ! À vrai dire, je suis surtout là pour Mr. Green – qui d'ailleurs n'est pas mon père. Ce sera certainement son dernier voyage. Je voulais le surprendre, lui offrir une dernière grande joie. »

Otto Killinger me dévisagea, acquiesça, pensif.

« C'est très généreux de votre part. En somme, vous êtes un peu sa dame de compagnie ? »

Il avait dit ces mots sur un ton plein d'humour. Il ne voulait pas m'offenser mais sans doute me provoquer, tester ma réaction.

« Une jeune femme de compagnie », ajouta-t-il aussitôt pour rectifier le tir.

Mais j'avais déjà ri. Cela lui plut car il rit à son tour.

« C'est un ami de longue date ? demanda-t-il.

– On se connaît depuis quelques mois, à peine. Nous sommes devenus amis, si l'on peut dire.

– Si l'on peut dire ? »

J'approchai mon visage du sien et murmurai, comme si j'en avais honte (ce qui était tout à fait stupide) :

« Il habite au-dessus de chez moi. »

Otto Killinger ne cacha pas sa surprise. J'observai ses traits fins, carrés, énergiques. Il se dégageait de son allure générale, de ses gestes, une impression de sérénité et de force tout ensemble.

« Amelia Lambertini ou la voisine idéale ! s'exclama-t-il. Vous n'êtes pas banale, vous, alors. Vous auriez pu inviter un beau jeune homme et c'est avec un petit vieux que vous faites le voyage…

– Allan Green n'est pas du tout un petit vieux, figurez-vous. Vous ne soupçonnez pas le sportif qu'il est. Et puis, je n'avais aucune envie d'un beau jeune homme.

– Mariée ?

– Séparée depuis six mois… Je suis partie. J'étais à bout.

– Je suis indiscret.

– Oh non, tout ça m'est égal, maintenant. Je peux en parler, ça me fait du bien, même. J'en avais assez d'être prisonnière. Ou plutôt, c'était lui qui était prisonnier. Pris entre ses obsessions professionnelles et ses crispations sexuelles. Il n'écoutait pas. Impossible de parler. C'était devenu exténuant. J'ai claqué la porte. À présent, je suis libre comme l'air – si je puis dire. »

Il y eut un blanc. Otto Killinger avait l'air pris au dépourvu. Il me regardait avec dans les yeux une expression de curiosité bienveillante. J'étais mal à l'aise. Même si je n'avais pas tout dit (comment aurais-je pu !), pourquoi m'étais-je ainsi épanchée auprès d'un inconnu ? Son amitié avec Vincenzo représentait-elle un gage de confiance suffisant ? C'était ce que j'avais ressenti inconsciemment, je suppose. C'était ce qui m'avait un peu libérée.

« Que faisait il ? demanda Otto tel le médecin à la recherche de symptômes.

– Ne riez pas. Il était – enfin il est toujours – psychanalyste. »

Nous fûmes pris d'un même fou rire. Au loin, la silhouette mince de Vincenzo se dessina dans la pénombre rose des lampes. Il nous rejoignit.

« On s'amuse bien, ici ! dit-il en se laissant tomber dans un fauteuil, juste à côté de moi. Je suis épuisé. Un peu de répit, enfin… Comment va ma sœur adorée ? Quel effet ça te fait de te retrouver dans un ballon dirigeable, à minuit, entourée de deux beaux mecs ? Elles ne doivent pas être nombreuses à vivre ça, tes copines journalistes !

– C'est un enchantement, dis-je. N'est-ce pas, Otto ? »

Vincenzo haussa les sourcils et, m'imitant :

« "Otto" ? Je vois qu'on sympathise !...

– Nous commençons tout juste », nuança l'autre avec une pointe d'ironie.

Malgré le stress et la fatigue des dernières vingt-quatre heures, Vincenzo paraissait détendu. Je pensais à Allan. Une question me taraudait.

« Tu le connais bien, cet Edwin de Vries ? demandai-je à brûle-pourpoint. Invité de dernière minute ? »

Vincenzo demeura impassible mais quelque chose en lui s'était fermé. J'étais l'une des rares personnes de son entourage à pouvoir le deviner.

« De dernière minute, c'est le moins qu'on puisse dire », marmonna-t-il.

Vincenzo qui aimait tout prévoir, tout maîtriser, n'avait sans doute pas apprécié. Il poursuivit :

« La Banque des Pays-Bas nous a fait mariner deux mois pour nous dire que personne ne pourrait la représenter. Et la veille du départ, Mr. de Vries nous envoie un mail pour annoncer finalement sa participation. J'avoue que j'ai connu des Hollandais plus prévoyants. Bien sûr, comme il est notre interlocuteur, impossible de refuser. Mais quelque chose me dérange chez lui... »

Il hésita. Otto Killinger le regardait intensément.

« Tu ne m'en as rien dit.

– Je ne suis pas physionomiste, pourtant je suis sûr de l'avoir rencontré il y a six ou sept ans lors d'un congrès, à un dîner. Une table où nous étions une douzaine. Nous n'étions pas encore en affaires… Eh bien, l'individu qui est monté à bord hier soir sous le nom d'Edwin de Vries ne lui ressemble pas du tout. »

Je pensais au visage de cet homme, à son côté danseur de tango, aux petits yeux effrayés d'Allan Green. J'intervins :

« Des dénommés "de Vries" au Pays-Bas, il y en a des milliers.

– Oui, oui, mais celui-là travaillait aussi à la Banque centrale, s'obstinait Vincenzo. J'en suis à peu près certain.

– À ta place, dit Otto d'un air désinvolte, j'irais lui demander directement s'il n'est pas un imposteur ou un méchant terroriste venu avec une bombe dans ses bagages. Comme dans les formulaires d'entrée aux États-Unis.

– Bon. Je vois qu'on ne me prend pas au sérieux. Vous avez sûrement raison : je m'inquiète pour rien. »

Je demeurai silencieuse, mais je prenais Vincenzo très au sérieux. Une conversation privée s'imposait ; je n'eus pourtant pas le temps de le lui signifier car Otto Killinger s'était levé d'un bond.

« Regardez ! Regardez ! » lança-t-il en se précipitant vers la baie vitrée.

Il y avait de la surprise et de la stupéfaction dans sa voix. Nous l'imitâmes. Nous fûmes tous trois soudain debout devant le ciel sans lune. Nous pensions que c'était l'apparition du rayon bleu. Mais non. Ce soir-là, nous ne le verrions pas. C'était autre chose.

Au loin, en contrebas, énorme et majestueux, un autre dirigeable glissait dans la nuit. Une multitude de photophores extérieurs semblables à des lanternes chinoises l'illuminaient de toutes parts. Ça rougeoyait dans le firmament. L'enveloppe de l'aéronef était dorée. Une luciole géante. À travers de hautes et larges fenêtres, on distinguait une foule d'inconnus en smoking et robe longue. Ils dansaient, s'amusaient. Une fête céleste. Eux aussi nous avaient vus. Bientôt, ils nous firent de grands signes, flûte de champagne en main qu'ils levaient à notre intention.

« Ça alors ! fit Vincenzo médusé. Des concurrents ! Ils n'ont pas l'air de s'ennuyer. »

On entendit les portes des cabines s'ouvrir. Les passagers nous rejoignirent peu à peu dans le salon-promenade, qui en robe de chambre, qui en peignoir, se massant derrière la vitre, joyeux, redoublant d'exclamations, regardez ! il faut faire la fête, nous aussi, il faut organiser une soirée, – Je chanterai ! ne cessait de crier depuis son fauteuil Kay Spencer les cheveux pris sous une charlotte, – Je jouerai du violon ! lançait une voix, – Je danserai un fox-trot ! lançait une autre ; et je voyais bien dans le regard de mon frère que l'envie était née, c'était une question de jours, ses invités trépignaient déjà, même Allan Green s'était échappé de son lit et me serrait le bras. Seul Edwin de Vries ne s'était pas montré.

XXIV

Les premières fois, ç'avait été dans la barque. Peu de temps après le numéro de Liz qui était repartie à la nage, penaude et silencieuse. Axel avait attendu le soir. Il avait demandé à Rose de le suivre sur la plage des Juges-Consuls. C'était là qu'ils avaient amarré le canot à moteur loué pour deux semaines. Rose tremblait. Elle savait qu'il allait se passer quelque chose. La crique déserte s'était offerte à eux. Axel avait allumé le moteur. Ils avaient filé dans la nuit vers le large. Leur large à eux. Moteur coupé. Calme. Dérive invisible depuis la côte. Leurs corps s'étaient lovés dans le crépuscule. Sans un mot. Rose s'était laissé faire. Elle était revenue au monde.

Les jours, les nuits, les lits s'étaient succédé. Vingt-sept chambres. Vingt-sept lits. Manuscrit oublié. Le seul désir qui animait Rose n'était plus l'écriture. Gerald et ses cigares pouvaient attendre. Rose avait bien attendu, elle. C'était son tour, maintenant. Axel lui faisait redécouvrir La Corniche.

Il n'était plus question d'être vissé matin-midi-et-soir à la table 20 de La Langouste. On déjeunait et on dînait dans l'ancienne salle à manger du paquebot. Nappe blanche dans le bleu brûlant de la mer alentour, entre les fresques oubliées. Rose s'affairait, descendait faire les courses au village, revenait bras chargés, cuisinait, servait, débarrassait, débouchait, débouchait, débouchait. S'allongeait exténuée sur Axel dans le hamac. Ils dormaient maintenant dans la chambre de Rose, la numéro 27 ; elle y avait fait monter le portrait du Dr Pozzi pour l'accrocher au-dessus du lit. Ils ne comptaient plus les jours. « Quand pourrai-je venir te voir ? demandait-elle. Les premières représentations ont déjà commencé et je suis impatiente, si tu savais. » Mais Axel repoussait l'échéance, non, pas tout de suite, viens me voir à la dernière, il y aura une grande fête à la fin. Il demandait à Rose de lui apporter un jus de fruits, un vêtement, et ceci, et cela… Elle accourait. Il avait soudain des caprices. De petites exigences. Elle s'en fichait. « Rose, disait-il d'un ton las, ne t'ai-je pas demandé tout à l'heure ma crème solaire ? Tu dors ? » Elle haussait les épaules. Souriait pour s'excuser avant d'emprunter les couloirs, de traverser le patio, de descendre chercher la crème, remonter, apporter le tube tel un trophée, lui enduire tendrement les omoplates. Quand le téléphone sonnait, elle ne décrochait pas, se servait plutôt un verre, tant pis. Les entrepreneurs ne venaient plus.

Un soir, tout de même, Rose avait accepté un dîner avec Haxton (Axel serait en répétition et dormirait dans sa roulotte). En descendant la route de la corniche, elle l'avait observé. Il était arrivé en avance à La Langouste et s'était installé en terrasse, sous les parasols, pour rompre les habitudes. Il avait déjà commandé sa demi-bouteille de vin rouge, voûté devant une assiette vide. Ses cheveux blancs retombaient sur sa nuque comme un peigne d'ivoire. D'un geste lent, il levait un verre d'eau pétillante, buvait à petites gorgées. Rose voyait sa chemisette noire à manches courtes, son air hagard avec ce regard intérieur déjà tourné vers la mort, séparé du monde par ses lunettes trop grandes aux verres vaguement fumés. Lorsqu'il avait aperçu Rose, son visage s'était illuminé ; il lui avait offert l'image de son dentier éclatant avant de la gronder.

« Cet homme vous fait tourner la tête, lui avait-il lancé tout à trac. Vous m'avez complètement laissé tomber. Asseyez-vous. Et notre projet ? Notre soirée ? Heureusement que j'ai avancé de mon côté. À pas de géant. »

Rose s'était excusée comme une petite fille pendant que Joséphine apportait une assiette de crevettes roses.

« Comment ça va, Rose ? Ça faisait longtemps ! Vous avez l'air guilleret, ça fait plaisir. »

Sitôt qu'elle avait eu le dos tourné, Haxton s'était approché de Rose en murmurant :

« Tout le monde est au courant dans la station. Et votre sœur débite des horreurs sur votre compte.

– Ce n'est pas nouveau. Et je m'en fous ! C'est moi qu'Axel a choisie. Pour une fois, je suis la préférée et ça me fait du bien. Beaucoup de bien ! Cette garce de Liz a fait défiler dans son lit plus de mecs que l'on ne peut pêcher de langoustes sur tout le littoral. Pour une fois, en voilà un qu'elle n'aura pas. »

Haxton s'était hâté de changer de sujet pour ne pas entrer dans ces querelles de famille. Il s'était surtout assuré que le projet de soirée de gala à La Corniche tenait toujours, que Rose n'avait pas jeté l'éponge pour s'accrocher à un trapèze. Elle venait d'allumer une cigarette.

« Vous avez là un beau briquet, remarqua le vieil homme.

– Oh oui, je l'aime beaucoup, dit-elle en caressant le Zippo en argent.

– Bon, dit Haxton d'une voix décidée. Notre gala. Il faut fixer la date et lancer les invitations au plus vite. J'ai conçu le programme de la soirée, dressé une première liste d'invités, cinq cents personnes, et déjà reçu des souscriptions. Nous avons plein de sous ! »

Rose écarquilla les yeux.

« Cinq cents personnes… Comment vais-je faire ?

– Vous ferez.

– Et comment paierai-je ?

– Je paierai. Laissez-moi être le capitaine de l'opération. Vous êtes trop occupée, je le vois bien, par votre tout nouveau roman. D'ailleurs, où en êtes-vous du précédent ? Terminé ? J'en doute. Moi, j'ai fini votre portrait, la couverture est donc prête. Je vous le donnerai quand vous aurez écrit le mot FIN. Et à vos deux romans ! »

Cette couverture lui avait redonné l'envie de dessiner, de peindre. Il avait réaménagé son atelier du premier étage de La Langouste. Chez Papadakis, il avait commandé plusieurs boîtes de couleurs, des tubes d'huiles et même une paire de jumelles. Un grand chevalet se dressait désormais devant la fenêtre. C'est là qu'il était en train de dessiner à présent l'affiche de la soirée de gala. Vue sur le port, la baie avec, d'un côté, La Corniche du Rayon Vert et, de l'autre, le cap de la Lanterne. En stylisant, Haxton retrouvait le ton d'autrefois. Chaque soir, chaque matin, il était à l'ouvrage. Fix-Haxton n'était pas mort.

Paul vint les saluer, bien droit derrière sa cravate rouge, en apportant deux coupes de champagne.

« Alors, les amoureux ? On s'est aventurés en terrasse ? Pour les serveurs, c'est le meilleur endroit question pourliches. »

L'un des serveurs qui passait par là, croulant sous des assiettes, l'avait entendu.

« Tu parles ! s'exclama-t-il. Vaut mieux être curé que serveur ! "*Ave Maria, Ave Maria, Ave Maria*" et la corbeille est pleine ! Ici, t'as pas une pièce.

– Moi j'voulais être curé, répliqua Paul, mais j'suis trop timide avec les enfants. »

Haxton leva un sourcil blasé. Rose s'abstint de commenter le bon goût du maître d'hôtel.

« Mes jumelles viennent de la Marine nationale, reprit Haxton tout à la description de son nouvel atelier. Ce sont des Huet. Avec elles, je capte des détails qui avaient échappé à mes vieux yeux. C'est fascinant. Le soir, j'observe le ciel, les étoiles. Je m'amuse beaucoup.

– J'imagine que vous pouvez même voir la maison de Liz.

– Oui, bien sûr !... Après le coucher du soleil, Fanal Terrace brille comme un diamant dans la pénombre. Rassurez-vous, cependant : je n'ai pas pour habitude de regarder chez les gens. »

Ils trinquèrent. Une expression de joie se lisait maintenant sur les traits d'Haxton, émouvante. Il vivait déjà la grande soirée qu'il avait projetée. Coups d'œil à droite, à gauche. Il parlait bas. Il tenait là son dernier conciliabule dans un imaginaire d'enfant, oubliant par jeu que tout le monde à Portfou serait bientôt au courant de cette soirée. Il déroula le programme. Il cita des noms. Des milliardaires new-yorkais, des acteurs, des pontes de la haute couture, des banquiers, des princesses russes et la vieille noblesse de Portfou. Rose l'écoutait médusée.

« La soirée commencera par un cocktail sur le toit de La Corniche. Nous dresserons les buffets aux extrémités du court de tennis et de chaque côté du filet, cela fera de l'effet. Les invités seront aux premières loges pour le coucher de soleil et, qui sait, pour observer le rayon vert. Ensuite, rendez-vous dans le théâtre pour un concert avec un grand orchestre.

– Avec un grand orchestre ?

– C'est une soirée de gala, Rose. J'ai tout prévu. On jouera un concerto.

– Mais la fosse du théâtre est toute petite !

– Les cloisons sont amovibles. Nous ôterons les premiers rangs pour installer le piano. Ils ont fait ça en 1935 ou 36. L'acoustique est parfaite. Et j'ai réussi à obtenir un interprète de premier plan, qui se trouve être le compositeur de l'œuvre qui sera jouée. Allan Grünstein. Vous connaissez ?

– N'est-ce pas ce jeune prodige qui avait composé un concerto à seize ans ?

– Exact ! *Concerto pour Apollon.* C'est d'ailleurs cela qu'il jouera.

– On parlait beaucoup de lui à New York, à l'époque. Il était venu avec sa famille se réfugier chez nous.

– Eh bien, il a un peu grandi depuis, il doit avoir trente-cinq ou trente-six ans, mais c'est bien lui.

– Haxton, vous êtes un homme de réseaux ! Vous m'épatez.

– Nous poursuivrons avec un dîner dans la salle de bal. Et le lendemain après-midi, pour les cinéphiles, il y aura une projection. J'ai réussi à louer une copie du nouveau film d'Alfred Hitchcock, *Vertigo*. Il vient de sortir aux États-Unis.

– Haxton !

– Et nous aurons une invitée de marque pour le présenter : Barbara Bel Geddes, qui joue un petit rôle dans le film.

– Vous êtes incroyable !

– Je suis Fix-Haxton. »

Rose ne savait pas comment le remercier. Du coup, elle commanda une bouteille de blanc, trinqua derechef et se jeta dans la perspective de cette soirée en se jurant de ne plus oublier le vieil homme. Ils déjeunèrent dans une euphorie partagée, contrôlée mais sincère. Il restait quelques semaines. Il était encore temps de se ressaisir. Rose allait rappeler les entrepreneurs qu'elle se maudissait d'avoir négligés. Reprendre le chantier en main. Se remettre à son roman. Reconstruire, se relever, encore et toujours, quand – pour une raison ou pour une autre – elle lâchait la bride. Résister. Tenir sous le poids du monde.

Alors qu'ils réglaient l'addition, une voix familière les héla.

« Rosy-Rose ! Haxton ! J'ai une formidable nouvelle à vous annoncer ! »

C'était Zarian qui les rejoignit, presque sautillant.

« Asseyez-vous, fit Haxton avec bienveillance.

– Vous m'excuserez, je dois filer, s'empressa de dire Rose qui redoutait un tour de magie.

– Rosy-Rose ! Avant de partir, écoutez plutôt ceci. »

Le nain posa les bras sur la table et prit un air théâtral, prêt pour une annonce d'intérêt national. De sa voix haut perchée, il s'appliqua à annoncer sa nouvelle :

« Je suis embauché par le cirque Tetrallini ! »

Il y eut un moment de silence ; puis Haxton se mit à applaudir. Rose l'imita.

« Je sors de l'audition. Ils m'ont pris à l'unanimité, vous rendez-vous compte ? Je commence dans trois jours. N'est-ce pas formidable ? Enfin un emploi stable. Je ne serai plus le nain qui vend ses tours de table en table ! Quelle joie ! »

Haxton commanda à Joséphine un ouzo pour fêter cela. Il le félicita encore. Rose, elle, se montrait aimable, mais elle avait le sentiment que Zarian lui volait un peu de son intimité, qu'il pénétrait dans son pré carré, qu'il abîmait le *fabuleux* dont elle s'était parée et qui illuminait son histoire avec Axel.

« Nous viendrons vous voir, se força-t-elle à dire en fermant les poings.

– J'y compte bien ! Vraiment. Tenez, pour fêter ça, je vais vous faire un tour. »

Rose se leva d'un bond, navrée, s'excusa de nouveau, embrassa Haxton puis le nain du bout des lèvres avant de filer sans demander son reste.

*

Lorsqu'elle eut entamé la pente de la corniche, suffisamment loin des parasols de La Langouste, Zarian se confia à Haxton.

« Elle a l'air contrarié, la pauvre. J'espère que ce n'est pas moi qui…

– Du tout, du tout.

– Je n'ai pas osé le lui dire, tout à l'heure, mais j'ai été un peu surpris.

– Par quoi ? »

Zarian gesticulait sur sa chaise.

« Eh bien, quand j'ai passé mon audition, je l'ai fait devant tous les artistes. C'est une règle de la direction, une tradition.

– Ils vous ont pris, c'est le principal.

– Oui. Mais il y avait les clowns, les acrobates, tout le monde, toute la troupe…

– Et ça vous a gêné de faire votre tour devant l'amoureux de Rose ?

– C'est pas ça. C'est qu'il n'était pas là. J'ai posé la question. Il n'existe aucun trapéziste du nom d'Axel Slope chez les Tetrallini. »

XXV

Impossible de dormir. Je poursuis ces notes, ce journal (je ne sais pas très bien ce que c'est, au juste) devant la fenêtre de ma cabine. Il est bientôt deux heures du matin. Nous traversons des massifs de vapeurs noires. Sans un bruit. Et je me sens bien seule. L'enlèvement d'Allan Green m'a jetée face à moi-même, à mon propre passé. Gilles et ses accès de violence chronique n'ont pas disparu. Mes peurs, certaines nuits odieuses rampent encore dans ma mémoire. Gilles et ses désirs qui étaient des ordres. Sa façon de m'immobiliser. Sa voix. Sa main sur ma bouche. Je ne peux pas effacer l'innommable d'un trait, en quelques semaines, d'un simple vol en dirigeable. Le visage du beau Dr Killinger passe dans une brume de souvenirs que je ne veux pas reproduire. Je dois me retenir. Me protéger. Fermer les écoutilles pour un moment.

Edwin de Vries est devenu l'obsession d'Allan. Depuis ce soir, une mission m'a été confiée : l'espionner. Savoir qui se cache derrière le danseur de tango. Je me dis qu'Allan déraille un peu, pourtant il est formel (et j'avoue que les propos de Vincenzo m'intriguent par ailleurs) : Edwin de Vries est venu pour se venger. Une *vendetta* en plein ciel. Allan n'en démord pas : « Dès qu'il a lu dans le journal la liste des passagers, il a vu mon nom. Et il s'est débrouillé pour embarquer. Il attendait cela depuis soixante ans. Il est monté à bord pour avoir ma peau ! Oh, Amelia, protégez-moi ! » J'ai essayé de le raisonner ; c'était exagéré. Seulement, son regard a basculé dans les profondeurs d'une histoire qui m'échappait – et qui disait toute sa peur. « Ce briquet, je l'ai reconnu, je pourrais le reconnaître entre mille. C'était celui de Rose. Celui du cirque. Aidez-moi, je vous en supplie. Commencez votre enquête par là, par ce briquet. Assurez-vous qu'il ne l'a pas acheté dans une brocante. Mais non ! Il m'a parlé de son père, du trapéziste argentin… Ah, comment pouvais-je savoir qu'Axel Slope aurait un enfant… ? » Un cirque ? Et qui était cet Axel Slope ?… Allan délirait. Propos incohérents. L'effet de sa décoction aux iris, probablement. Il est resté là bouche ouverte, les yeux dans le vide de son effroi, et j'ai pensé à Mme Romy – la même expression. Comme elle, il s'est tu brusquement. Puis il s'est endormi.

XXVI

Rose avait installé la machine à coudre dans la buanderie, au dernier étage, côté voie ferrée. Tôt le matin, elle se penchait sur le tissu écarlate qu'elle guidait sous l'aiguille extraordinairement frénétique de la Singer. L'arrivée des trains la distrayait. Toujours, ce n'était qu'une poignée de voyageurs qui en descendait. Terminée, la grande époque où le buffet de la gare était plein à craquer. La fin d'un monde approchait, se disait-elle pendant que la robe de chambre s'assemblait. Elle avait réussi à faire venir un nouveau peintre pour la salle de bal ; il n'était pas du coin – Mackenzie avait fait des ravages. Il avait traversé la frontière. Une aubaine car il coûtait moins cher.

Axel dormait. Rose cousait. Quand il se réveillait, vers dix heures, ils faisaient l'amour. N'importe où. Il y avait quelque chose de régulier, d'appliqué dans ses gestes à lui. L'ardeur des premières fois s'était peu à peu effacée devant une forme de politesse. C'était ça : il faisait l'amour poliment.

Un écho au sourire qu'il arborait parfois. Rose s'en contentait. Tout cela était trop précieux pour elle. Et Axel se rendormait. Et Rose cousait. Ils n'avaient jamais parlé de Zarian. De crainte, sans doute, de crever le cercle fragile qu'ils avaient tissé autour d'eux.

Un soir, comme ils se promenaient sur la plage, il lui avait demandé de lui prêter un peu d'argent, si elle était d'accord, pour acheter du matériel neuf. Il en avait besoin pour mettre au point un nouveau numéro. Mme Tetrallini ne pouvait lui consentir une avance. Avec la saison qui battait encore son plein, il pourrait vite rembourser. Dix mille, ce serait suffisant. Rose avait immédiatement appelé Haxton. « Oui, vingt mille… Pour payer les entrepreneurs… C'est faisable ? Ils ont presque fini la salle de bal… Vous êtes merveilleux, Haxton ! Je suis contente que les souscriptions marchent aussi bien… » Haxton lui avait fait un chèque. Et Rose avait tiré dix mille en liquide pour Axel. Ils avaient fait l'amour sur le court de tennis ; puis Axel était parti au cirque pour la nuit. Rose avait repris ses travaux de couture.

Le gala approchait. Elle comptait les jours comme on égrène un chapelet. Dans le bâtiment vide et silencieux, elle se regardait, de miroir en miroir, pour inspecter l'éclat de son visage. Elle voulait le déchiffonner, le dégonfler. Toute l'énergie qu'Axel lui insufflait, elle voulait la placer dans son *rétablissement* – à l'image des acrobates.

C'est ainsi qu'une nuit, prise d'une crise de sobriété (pensa-t-elle), alors qu'Axel dormait là-haut dans sa roulotte, Rose était descendue dans la cave de La Corniche briser toutes les bouteilles de vin. C'était décidé : elle ne boirait plus. Son geste inouï avait été d'une violence qui l'avait elle-même surprise. Toutefois, elle s'était assurée de minimiser les risques de rechute en conservant une bouteille : on ne peut pas plaire sans filet. D'ailleurs, pour se féliciter d'une si noble entreprise, elle l'avait débouchée pour en boire la moitié. L'image de Liz l'avait traversée. Dans quelques jours, avec cette cure improvisée, Rose serait beaucoup, beaucoup plus belle que sa sœur. « À ta santé, Liz ! » avait-elle crié trois fois du fin fond du paquebot. Puis elle s'était mise à rire en mimant une valse au milieu des bris de verre, bouteille au poing, s'éclaboussant des litres d'alcool qu'elle avait libérés.

*

Liz se tenait dans la nuit, à l'extrémité nord du cap de la Lanterne. Immobile, elle scrutait la mer du haut de l'escalier de bois blanc qui descend jusqu'à la plage le long de la falaise. Il n'y avait pas de vent, si bien que dans son vêtement de soie pâle, elle se dressait dans le vide telle une apparition. Elle portait une lanterne éteinte au bout de son bras, une de ces anciennes lanternes un peu rouillées qui encombrent les brocanteurs de marine, et se fit la réflexion que le cap était bien nommé. Derrière elle, la masse claire de la villa formait un assemblage de cubes translucides contre lesquels se reflétaient les cyprès du jardin. Aucune lumière à l'intérieur. Fanal Terrace et ses baies vitrées flottaient au-dessus des eaux.

Lentement, Liz descendit les marches, concentrée, précautionneuse. Elle sentait l'humidité de la roche. Sa main ne quittait pas la rampe dont la peinture s'écaillait à mesure qu'on se rapprochait de la plage. L'escalier contournait de grands blocs de pierre, se frayait un chemin entre les parois de la falaise – si bien qu'il épousait la forme d'une sorte de spirale, un colimaçon déstructuré.

Parvenue en bas, elle fit quelques pas, s'arrêta, posa la lanterne puis se dirigea vers une anfractuosité d'où elle revint avec une pelle. Dans le bruit du ressac, elle se mit à creuser. Consciencieusement, avec des gestes réguliers qui, peu à peu, se firent frénétiques et de plus en plus rapides. Elle avait délimité un long rectangle, peu profond, de la taille et de l'épaisseur d'un corps. De temps à autre elle s'interrompait, regardait autour d'elle, reprenait.

Lorsqu'elle eut fini, elle replaça la pelle dans son abri, revint vers le trou et, le visage tourné vers le ciel, elle se déshabilla. Sans hâte, dans une sorte de cérémonial, elle fit glisser ses habits le long de son corps éclairé par la lune. Une fois nue, elle alluma la lanterne postée dans le fond de la calanque. C'était le signal. La lumière tapissa la falaise de grandes auréoles rousses. Liz accomplissait ce qui était prévu. Elle s'approcha de la mer, huma l'air tiède, puis entra dans l'eau jusqu'aux genoux, s'aspergea les épaules, le ventre, les seins de toute cette eau qui la libérait, nagea un peu, revint sur la plage et s'étendit, luisante, dans la tombe qu'elle avait creusée. Elle s'y roula, rabattit du sable sur son corps trempé jusqu'à le recouvrir entièrement et se releva, avançant de nouveau vers la mer où, à présent immobile, elle se mit à guetter le bruit du canot à moteur qui bientôt monta dans la nuit de Portfou.

XXVII

Au troisième jour de vol, les passagers furent invités à visiter la salle de commandement. Après le petit déjeuner, chaque table s'y rendait, l'une après l'autre, conduite par l'officier pilote très fier dans son uniforme. Les tables du Graf ouvrirent le bal, puis ce fut au tour de celles du Jules – les fumeurs en derniers. Très impatiente d'être la première des derniers, Kay Spencer propulsa son fauteuil à une allure probablement jamais atteinte jusqu'alors, traversant l'enfilade des restaurants et des salons tel un obus. « Dégagez ! Dégagez ! *Please !...* » lançait-elle à tue-tête, refusant qu'on la poussât. À sa décharge, le dirigeable était faiblement incliné vers le haut. La délicatesse de ses manières s'accordait à l'élan donné à son carrosse. Paniqué par cette fantaisie à risque, le petit loulou de Poméranie avait quitté le navire et courait derrière sa maîtresse en regardant de droite et de gauche avec l'air de s'excuser pour elle. À défaut d'atteindre le plus haut niveau de l'élégance, Kay Spencer finit par atteindre celui du dirigeable. Après quelques turbulences qui déclenchèrent des exclamations çà et là, les vents se firent plus cléments et le sol revint à l'horizontale. Ils n'avaient soufflé que pour ménager à la milliardaire son entrée en scène.

Par égard pour mon frère, Allan avait quitté son lit. Vêtu d'un complet moutarde, il n'avait fait son apparition qu'à la fin du petit déjeuner – évitant ainsi toute discussion avec Edwin de Vries qui s'était montré bien silencieux. Après les banalités d'usage sur la façon dont chacun avait dormi, Kay Spencer nous avait gratifiés d'un exposé circonstancié sur les problèmes digestifs d'Albert (le petit chien). Otto Killinger lui avait aussitôt prodigué des conseils en quantité, agrémentant la description des effets secondaires (qu'il parait de détails d'une poésie tout à fait exceptionnelle) de clins d'œil appuyés à mon endroit.

Allan Green et Edwin de Vries échangèrent des saluts courtois, un rien guindés. Après quoi la tablée rejoignit le poste de pilotage. Le commandant de bord nous accueillit à grandes effusions, appelant chacun par son prénom. C'était un homme joufflu aux cheveux courts, la cinquantaine, gonflé dans son uniforme à l'image de l'engin qu'il dirigeait. Il nous présenta le timonier à la barre – semblable à celle des vaisseaux d'antan – qui ne quittait pas des yeux un énorme compas devant lui, illuminé d'une myriade de points verts fluorescents. Tout autour de nous, des instruments de navigation, des écrans, des boutons, des inclinomètres à aiguille, des volants en bois, tout cela pris entre des poutrelles en aluminium percées d'alvéoles pour gagner du poids. Vincenzo nous avait rejoints. Il acquiesçait à chaque mot du commandant.

« Nous avons là, expliquait le gros homme, toute la technologie de pointe du XXIe siècle habillée avec l'apparence des années trente. Le monde moderne dans le monde ancien, et inversement. »

Pour une fois, Kay Spencer restait muette.

« C'est étrange, dit soudain Edwin de Vries en pontifiant, ce besoin que nous avons, aujourd'hui, de revenir au passé. Comme si nous voulions tourner le dos à un présent que nous avons construit, et qui fut autrefois notre avenir. Comme si nous avions peur de ce que nous sommes devenus…

– Oui, c'est étrange, reprit Allan en écho d'une voix sourde en se tenant à la table des cartes. On dirait qu'on n'en n'a jamais fini avec le passé. »

Les deux hommes s'étaient fusillés du regard. Personne d'autre ne l'avait remarqué. Le commandant poursuivit sa présentation. Le ciel était devenu d'un bleu très pâle, zébré de filets blancs. L'immense vertige du calme nous aspirait. Pas de fin. Pas de commencement. L'éternité sans ride. Je pris le bras d'Allan, le serrai, Allan, Allan, comme vous êtes important pour moi. Nous irons au bout de cette aventure. Regardez ces forêts, regardez ces collines, ce labyrinthe de couleurs, ces lacs d'argent, ces rivières dissipées serpentant entre des éclats de roche et de champs étoilés. Allan, Allan…

« Et que survolons-nous à présent ? Quel pays ? demanda Kay Spencer.

– Ah ! Nous sommes exactement ici, fit le commandant en désignant un écran sur lequel s'affichaient la topographie et les noms de pays.

– On dirait Central Park, dit Edwin de Vries.

– *Oh, really ?* s'étonna Kay. Je ne trouve pas du tout. Avez-vous vécu à New York ?

– Dix ans, madame. J'y passe encore une partie de l'année. Mon penthouse donne sur le Park.

– *Oh, I see. Where* ?

– 72nd Street. À côté de la Frick Collection.

– J'adore *this place*. Il y a un petit restaurant où je vais très souvent, à deux blocks, la Cucina Della Fontana.

– J'y étais encore la semaine dernière.

– *I'm afraid not.* C'est impossible, ils ont fermé pour travaux. »

Il y eut un blanc durant lequel Edwin de Vries se racla la gorge.

« Vous êtes un hâbleur, Mr. de Freeze, dit la milliardaire en le regardant par en dessous. Vous racontez des craques. »

Allan se tourna vers le danseur de tango. Il leva un peu la main, hésita, me regarda l'espace d'une seconde avec dans la pupille une fulgurance qui me dérouta puis, d'une voix sans trouble :

« Mr. de Vries doit confondre avec un autre établissement. Un restaurant du passé. Et d'ailleurs, cher monsieur, puisque je connais bien New York, moi aussi, je serais très heureux de vous inviter à dîner en tête à tête ce soir, si vous êtes libre, pour parler de nos souvenirs. Nous irons dans la bibliothèque. Ils ont deux tables privées et, je crois, d'excellents cigares au fumoir. »

Edwin de Vries ne s'y attendait pas. Moi non plus. Il accepta et le remercia du même ton courtois que celui avec lequel il l'avait salué.

De retour dans la cabine d'Allan, je ne pus m'empêcher de lui demander ce qu'il lui avait pris.

« Vous êtes culotté ! lançai-je.

– Pas du tout. Je ferai en sorte de faire durer ce dîner et de bloquer le faux banquier dans la bibliothèque. Pendant ce temps, vous aurez tout le loisir de fouiller sa cabine pour vous assurer que nous ne faisons pas fausse route. Trouvez son ordinateur, ses papiers, et nous saurons. Vous êtes journaliste, n'est-ce pas ? Un peu d'investigation, c'est à votre portée, j'imagine. Vous demanderez à votre frère un double des clés. J'ai décidé de ne plus avoir peur de ce type. Pas à mon âge. Pourquoi me regardez-vous comme ça ? On est là pour s'amuser, non ? »

XXVIII

« Axel ! Il y a ce soir un bal musette sur la plage. C'est annoncé dans le journal. On y va ? »

Malgré le peu d'entrain d'Axel, ils s'y rendirent. Le soir montait sur le village et l'air, enfin, s'était rafraîchi. Au-dessus de Portfou, dans la montagne, la façade des palais se parait d'une lumière rose. Chaque année, le restaurant La Dorade – timide concurrent de La Langouste – organisait une soirée sur une esplanade qui bordait la plage, sous les arbres de la promenade des Italiens. C'était bon enfant, joyeux, sans histoire. Même la fille du comte Kraml y venait, toujours en quête d'un mari. Parfois, les derniers à quitter la placette finissaient par se baigner. Le lendemain, à la terrasse des cafés, on s'informait sur les amourettes nées la veille.

Ils s'assirent à une table sous les platanes (une planche de bois sur des tréteaux), près de la statue d'Artemine qui depuis longtemps avait perdu un bras. Sur une estrade, l'orphéon municipal enchaînait des airs dansants. Ils étaient une vingtaine à jouer dans l'uniforme traditionnel. Ça sonnait un peu faux dans les rangs, mais cela n'avait aucune importance. La mer apportait un parfum de poivre et d'algues. Axel s'était frayé un chemin entre les couples qui dansaient et venait de déposer sur la table deux bocks de bière.

« Comme je suis heureuse d'être ici ! dit Rose d'une voix douce. Merci, mon chéri. Merci de m'avoir accompagnée. »

La lumière des lampions accrochés d'arbre en arbre coulait en ombres bleues sur ses joues fardées. Axel sourit, souleva son verre, à la nôtre ! Ils burent. Mais, se dit Rose, depuis qu'ils s'étaient rencontrés, qu'avaient-ils fait d'autre que boire ? Elle soupira légèrement puis, sans prêter attention à la foule, elle prit la main d'Axel. Peu lui importait qu'on les vît, puisque tout le monde savait. Il ne la retira pas.

Le visage d'Axel semblait de soie. Rose se demanda comment ils vieilliraient, tous les deux. S'ils resteraient à Portfou ou si, dans un accès d'excentricité, de folie, ils plaqueraient tout pour s'installer ailleurs, retourner à New York, pourquoi pas, si le prochain roman marchait.

« Tu viendrais avec moi en Amérique ? demanda-t-elle.

– Rose ! Qu'y ferions-nous ?

– Notre vie ! Tu sais, j'ai encore beaucoup d'amis là-bas. Préférerais-tu aller en Argentine ?

Près de ta famille ? Où vivent-ils ? Tu ne me l'as jamais dit. »

Axel posa sur elle un regard impénétrable. Il hésita un peu, puis :

« Près de Córdoba, dans les montagnes. Tu n'aimerais pas du tout. Tu es une fille de la ville, toi.

– *Une fille de la ville !* Tu parles de moi comme si j'étais une fille facile.

– Voyons, chérie !... Veux-tu un autre verre ?

– Non. Pas pour le moment. J'en grille une et on dansera après.

– Si tu veux. »

Rosa alluma une cigarette, leva le menton pour relâcher la fumée qui passa tel un petit nuage au-dessus de son bandeau. Axel prit le briquet et se mit à jouer avec. Il le lançait en l'air en le faisant tourner pour le rattraper aussitôt.

« Fais attention, fit Rose en esquissant un geste. C'est un objet de valeur. Il coûte très cher ! » mentit-elle.

De nature distraite, Axel n'avait jamais remarqué les initiales T. et C., et Rose s'était bien abstenue de lui dire dans quelles circonstances elle avait récupéré le Zippo. C'était son secret à elle. Il le reposa sur la table.

« Tu es si belle, ce soir, lui dit-il soudain d'une voix tendre. Tu as fait quelque chose à tes cheveux ? Tu as minci, non ? »

Rose ne répondit pas. Elle frissonna, car jamais Axel ne lui avait adressé de paroles aussi gentilles, et puis aussi parce que ses efforts pour boire moins se voyaient. Elle caressa la main d'Axel. Silence. Elle ne voulait que cet instant, le petit orchestre, les gens qui dansaient, la musique sur la plage, le sable qui venait se déposer sur les tables. L'avenir immense devant elle. C'était tout. Elle se tourna de trois quarts. Au premier étage de La Langouste, elle vit Haxton à sa fenêtre qui observait le bal musette puis, beaucoup plus loin, au-delà du port, elle aperçut sa vigie, sa lampe éternellement allumée au dernier étage de La Corniche. Elle éteignit sa cigarette dans le cendrier en forme de coquille Saint-Jacques.

« Ta robe de chambre est terminée, glissa-t-elle tout sourire. Je suis fière de te l'annoncer ! J'ai cousu comme une acharnée, dit-elle en riant. Tu pourras l'essayer ce soir, mon beau Dr Pozzi ! »

Il s'en amusa et l'embrassa sur la tempe.

« L'hiver est encore loin, se contenta-t-il de dire.

– Je m'en fiche. Je voulais que tu la portes le plus vite possible. On danse ? »

Rose s'apprêtait à entraîner Axel vers la piste mais se raidit brusquement.

« Qu'y a-t-il ? » demanda Axel.

Près de la buvette, la silhouette massive de Mr. Mackenzie s'avançait au milieu des clients qu'il écartait. Les ampoules suspendues au-dessus des serveurs lui faisaient un visage encore plus rouge que d'habitude.

« Viens, dit Rose en se levant. On s'en va. Je ne supporte pas ce sale type.

– Mais quoi ? fit Axel en la retenant par le bras. Rassieds-toi. On ne va quand même pas partir parce qu'il est là ! On aurait l'air de céder la place. Assieds-toi. Et ne le regarde pas. On s'en fout. »

Rose reprit sa place à contrecœur. Elle alluma une nouvelle cigarette nerveusement.

« Sale type ! répéta-t-elle en marmonnant.

– Tu ne l'aimes vraiment pas, hein !

– Je déteste ce mec ! dit Rose un peu plus fort. Il va détruire Portfou avec ses trucs modernes. Je hais ce monde moderne ! Je préfère le monde ancien. Pourquoi crois-tu que je m'échine à retaper La Corniche ? Lui va tout foutre en l'air ! Et en plus, c'est un porc.

– Calme-toi, chérie. Parle moins fort. Il vient vers nous.

– Et merde ! » lâcha Rose en laissant tomber sa main bruyamment sur la table.

L'ombre épaisse de Mackenzie s'avança sur eux, plongeant leurs corps dans une demi-obscurité.

« Tiens, tiens, tiens ! siffla le promoteur. La petite St Just ! Vous êtes partout où il y a à boire, dirait-on ! »

Axel se redressa, furieux. Mackenzie poursuivait :

« Et vous, vous êtes le chevalier servant dont tout le monde parle, n'est-ce pas ?

– Écoutez, monsieur, dit Axel d'un ton ferme, je ne sais pas qui vous êtes et n'ai aucune envie de vous connaître. Nous aimerions être tranquilles. Alors bonne soirée, allez-vous-en !

– C'est vous qui me parlez sur ce ton ? lança Mackenzie avec une moue de mépris. Vous ? À votre place, je la fermerais. Et je quitterais Port-fou avant qu'il n'arrive des bricoles.

– Oh, taisez-vous, fichez le camp, dit Rose d'un air las.

– Comme vous êtes mignonne ! poursuivit le gros homme en parlant plus fort pour être entendu. C'est si pitoyable de vous voir traîner, et traîner, c'est le cas de le dire ! avec une petite frappe !

– Je vous interdis !… lança Axel en se levant d'un bond. Partez ! Partez immédiatement. »

Axel s'était empourpré. Mackenzie riait.

« Je vais lui casser la gueule », dit Axel entre ses dents.

Rose le prit par la manche.

« Ça suffit, maintenant ! Pas ici, Axel. »

Mackenzie se détourna brusquement avec l'attitude des pantins de cocktail pour qui les interlocuteurs ne sont que prétextes à paraître. Il héla un inconnu chauve à lunettes, un vieux à tête de cheval, et le rejoignit d'une démarche lourde. Il avait oublié ses petites victimes d'un tour de talons. Axel se rassit, le regard allumé par la rage.

« Tu as raison, admit-il en passant une main dans ses cheveux, c'est un sale type. Je ne bougerai pas d'ici.

– Allons, calmons-nous. Veux-tu que j'aille te chercher un autre verre ? »

Axel avait baissé le visage. Il fit non de la tête. On aurait dit qu'il boudait. D'un ton maternel, Rose poursuivit :

« Je vais te raconter l'histoire de la statue, là. Elle s'appelle *Artemine au bain*, elle est là depuis bien longtemps. C'est un petit âne qu'on avait attaché à son bras qui le lui a arraché. On a appris plus tard qu'il appartenait à des Gitans. »

L'orchestre jouait à présent un fox-trot. Axel n'écoutait pas. Son esprit était ailleurs. Il ne quittait pas des yeux le crâne luisant de Mackenzie qui dépassait de la foule telle une méduse. Du monde arrivait encore. Certains dansaient sur la plage. Ça riait. Ça se prenait par les épaules. On avait la nuit devant soi. Au son gras des trompettes et du saxo, on soulevait sa partenaire, on enveloppait son prétendant. À tribord, les pieds fouettaient le sable ; à bâbord, les talons fatiguaient l'estrade qui ployait. La simplicité était dans le populaire ; la légèreté dans l'oubli de classe. Une brise révélait le parfum des figuiers au rythme des tambours. De cordon en cordon, les ampoules tissaient une verrière imaginaire aux arches multicolores.

Le visage de Georgia Papadakis surgit au milieu de ce dancing de plein air, virevoltant au bras d'un bonhomme sans âge, gestes déstructurés et complet blanc, aussi blanc que le chignon de la mercière. Ayant aperçu Rose, elle lui adressa un signe.

Pour une fois, elle avait l'air heureux. Et un peu pompette.

« Bonsoir Mrs. St Just ! Oh, je m'amuse comme une petite folle ! Qu'est-ce qu'on s'amuse ! Vous ne dansez pas ? J'adore cette musique. Ça balance, ça balance. J'appelle ça la danse du hamac ! Hi, hi, hi ! La danse du hamac. C'est pour vous, ça ! »

Elle fut de nouveau engloutie dans le tourbillon général.

« Elle est cinglée ! » dit Axel en se déridant.

Cela fit rire Rose. Elle aurait aimé qu'Haxton les rejoignît. Elle se tourna de nouveau vers la fenêtre ; il n'y était plus. Les lumières étaient éteintes. Il devait écouter l'orphéon depuis son lit, repassant des souvenirs de ce même bal, autrefois, avec sa femme.

« Seigneur ! lança Axel en poussant un soupir désabusé.

– Quoi ? »

Dans une robe de soirée noire qui la moulait de la tête aux pieds (de la poitrine aux cuisses), Liz fit son entrée par la plage. Une arrivée calculée pour que tout le monde la vît. Elle portait des chaussures à talons à la main et marchait lentement dans le sable, grand sourire figé, balayant du regard la foule telle une vedette attendant les vivats.

« Elle est ridicule, fit Rose en levant les yeux au ciel. Ri-di-cule !

– Ne recommencez pas, hein ? »

Bientôt, elle se fraya un chemin vers le bar, altière, persuadée d'être irrésistible.

« Tu vas voir qu'elle va demander une coupe de champagne, cette idiote. Alors qu'il n'y en a pas. Elle se croit dans un palace à Sydney. »

En effet, de loin, Rose aperçut à la buvette le fils du boulanger répondre à Liz en faisant non de la tête, non, il n'avait pas.

« Ah ! fit Rose. Tu vois ? Je te l'avais dit. Je vais aller me commander un jus de tomate.

– Rose ! Reste ici, ne la provoque pas.

– Je veux juste un jus de tomate.

– Un jus de tomate, toi !

– Eh bien oui, figure-toi. Oh, tu n'es pas chic !

– Très. Au contraire. Tiens, je vais aller te le chercher. »

Il se leva. Rose le regarda s'éloigner. Sa démarche souple, son visage détaché de tout – et qui était de loin le plus beau, le plus parfait, le plus sensuel de toute l'assemblée. La buvette ne désemplissait pas. On était au coude à coude. Un moutonnement de crânes, de chevelures, de mains tendues et de corps qui gesticulaient. Rose étouffa un juron lorsqu'elle aperçut, groupées toutes les trois devant le comptoir, les silhouettes d'Axel, Liz et Mackenzie. La houle humaine les avait rapprochés. Il fallait s'y attendre. Le pire pouvait advenir. Dans quelques secondes, c'était certain, on entendrait des cris, l'agitation d'une rixe, l'orchestre cesserait, des marins tenteraient de séparer Axel de Mackenzie.

Les coups fuseraient. Axel plein de sang, mon Dieu, non, pas de sang, ne pas lui faire de mal.

Rose prit son paquet de cigarettes, en tira une avec irritation, chercha le briquet. Sa main se promena machinalement sur la table mais ne le trouva pas. Elle détourna son regard de la foule, se pencha sous les tréteaux. Mais rien. Le briquet n'était plus là. Nouvelle recherche. En vain. L'orchestre jouait une valse. Rose releva la tête. Elle aperçut au milieu de la piste Liz qui dansait avec Mackenzie. « On se demande vraiment qui, d'elle ou de moi, fait vraiment pitié », se dit-elle en fulminant de ne pas trouver le briquet. Axel avait dû le lui emprunter ; pourtant il ne fumait pas. Elle le chercha du regard mais il n'était pas à la buvette. La bagarre redoutée n'avait pas éclaté. C'était tout lui, ça, de finalement mépriser ceux qui ne l'aimaient pas. Tout de même ! Où était-il passé ?

Soudain une voix féminine très théâtrale, traînante, émergea juste à côté d'elle, du côté de la statue, tirant Rose de son observation.

« Pardonnez-moi de vous déranger, madame. Êtes-vous Mrs. St Just ? »

Rose se tourna et découvrit une grande femme d'une soixantaine d'années, un peu forte, habillée d'un corsage à fronces fermé par un nœud papillon et d'une jupe longue à volants.

« En effet, répondit Rose étonnée. C'est bien moi. »

La dame respira bruyamment, posa sa main droite sur son cœur et déclama (plutôt qu'elle ne dit) :

« Je suis Madame Tetrallini, la directrice du cirque qui se produit ces jours-ci à Portfou. Ce soir c'est relâche et je cherche mon nouvel employé, Zarian, qui m'a invitée à cette fête. Hélas je ne le trouve pas. La femme au chignon blanc qui danse, là-bas, m'a dit que vous sauriez peut-être où il est. Elle est très aimable, très serviable. C'est chez elle que j'achète tout le nouveau matériel pour nos numéros. »

Désorientée, Rose hésita, sourit timidement, non, navrée, elle n'avait pas vu Zarian.

« Mais votre trapéziste, Axel Slope, n'est pas loin.

– Qui donc, je vous prie ?

– Axel Slope, qui est trapéziste chez vous. Un bel homme aux cheveux châtains.

– Madame, c'est à mon tour d'être navrée. Ce nom ne me dit rien. Et croyez-moi, je connais mon personnel. Bonsoir, madame. Et ne vous en faites pas : je finirai bien par trouver Zarian. »

Elle s'éloigna dans la pénombre derrière la statue d'Artemine, s'enfonçant dans le clair-obscur de la promenade des Italiens. Une bouffée de chaleur avait envahi Rose. Ça bourdonnait dans sa tête. Elle se leva d'un bond. Son regard furetait dans la foule à la recherche d'Axel. Elle n'entendait plus la musique de l'orphéon. Il n'y avait que le ressac des vagues, immense, énorme, qui emplissait sa tête, s'enroulait dans ses pensées avec la force d'un ouragan. Sur la piste, Liz dansait la valse dans les bras de Mackenzie qui la quitta bientôt pour rejoindre les bras de Vénus l'Écuyère Extraordinary. Non loin d'eux, toupie de paille, Georgia Papadakis éclatait de rire. Axel, lui, avait bel et bien disparu sous les lampions du bal musette qui venaient de jeter sur Rose un grand filet noir.

XXIX

Rien ne différenciait la bibliothèque du zeppelin du club de Fairmont Hall. Boiseries, chesterfields, portraits et marines, tout y était. Deux petites tables privées avaient été dressées côté fenêtre. J'avais passé une tête pour m'assurer de la présence d'Allan et d'Edwin de Vries. Salutations discrètes. Ils étaient assis sagement l'un en face de l'autre, s'épiant derrière leur pose digne. Deux vieilles dames prenant le thé. Dans ce décor, Allan était à son aise. Confortablement installé dans son projet. Il était passé de la peur au jeu. Avec son air de colonel et son costume moutarde, dans cette bibliothèque, il ne lui manquait plus qu'une clé à molette ou un chandelier dissimulé sous le veston. Un meurtrier idéal. Cela l'avait fait sourire. Je priai pour que le danseur de tango n'eût pas à s'absenter pour rejoindre sa cabine durant le dîner.

La cabine en question, située à l'arrière du dirigeable, était plus petite que la mienne. Le double des clés (que Vincenzo m'avait confié en soupirant avec la moue du complice rompu aux extravagances de sa sœur) avait fonctionné à merveille. J'avais allumé la lumière. Tout était propre, en ordre. La couverture bleu nuit au signe du zeppelin roulée au bout du lit. Les fleurs sur l'étroit bureau devant la fenêtre. Les chemises pliées dans le placard entrouvert. Idéal pour les pages déco de *Babou & the City*. Je m'efforçai de prendre tout cela à la légère, mais je n'en menais pas large. Mon cœur battait un peu plus vite que d'habitude. Le sentiment de l'interdit. Fouiller n'était pas non plus dans mes habitudes. Détestable manie dont Gilles avait été le champion, jaloux d'amants imaginaires, quand je travaillais au journal. Entre deux clients, il ouvrait la porte de son cabinet et grimpait dans notre chambre, ouvrait les tiroirs de mon bureau, bloquait mon ordinateur si j'avais changé le mot de passe sans l'avoir prévenu, bref, une raison de plus pour craquer et le quitter. Or je me retrouvais là à faire exactement la même chose.

Une turbulence me déséquilibra. Dehors, le ciel était d'un noir d'encre ; on ne voyait pas d'étoiles là-haut, ni en bas la lumière des maisons survolées ou l'ombre des paysages inhabités. Je me dirigeai vers le bureau. L'ordinateur était fermé. Aucune chance, pensais-je, d'y accéder ; et aucune envie de perdre du temps à essayer des mots de passe. Pourtant, par une sorte de curiosité de journaliste, je l'ouvris. Le fond d'écran s'afficha. Ce que je vis me laissa stupéfaite. C'était une photo.

Des bougainvilliers. Des pots bleus le long d'une terrasse. Les parasols, les clients. La femme au bandeau saumon. Hôtel-restaurant La Langouste.

Allan Green ne s'était pas trompé. Edwin de Vries était venu pour lui. Tous les deux possédaient la même photo. Tous les deux à bord du dirigeable. Tous les deux face à face dans cette bibliothèque. Quelque chose de très étrange m'envahit. Allan Green que j'avais exhumé de la chambre de bonne où il se terrait se retrouvait dans un zeppelin au-dessus de nulle part avec les fantômes d'une histoire vieille de soixante ans. Je fermai l'ordinateur.

Dans le placard, je dénichai une mince sacoche en cuir pourpre. Je la déposai sur le lit, m'apprêtais à l'ouvrir quand j'entendis des pas dans le couloir. Des bruits de voix. Ça se rapprochait. D'un geste fulgurant je replaçai la sacoche, éteignis la lumière et me précipitai dans le cabinet de toilette dont je fermai la porte coulissante. Les pas s'arrêtèrent devant la cabine. On frappa. Une voix d'homme.

« Mr. de Vries ? »

Je restai immobile contre la paroi de la douche. Début de tachycardie. Oh, passez votre chemin ! je vous en conjure. On frappa de nouveau.

« Mr. de Vries ? C'est Anatole, votre steward. Je suis avec Mrs. Spencer qui vous cherche. Vous lui aviez donné rendez-vous. »

Un silence. Puis la voix de Kay Spencer.

« Mais insistez, mon garçon, insistez ! Peut-être dort-il. *I'm sure he is sleeping*. Il a une tête à dormir beaucoup. *Do you have the key ?* La clé ? Vous avez certainement une clé de sa cabine. Nous allons le réveiller en douceur. Allez, allez, allez, *please, please, hurry up ! My God*, qu'est-ce que vous êtes lent ! »

Il y eut une exclamation lointaine, le cliquetis d'une clé qui farfouillait dans la serrure, puis la voix de la grosse Spencer de nouveau.

« Ah ! Mr. de Freeze, *here you are !* Vous ne m'avez pas oubliée ! J'avais hâte de vous raconter mon idée pour la petite fête que le commandant va donner demain ! Oui, oui ! »

La voix sourde d'Edwin de Vries résonna depuis le couloir, le long de la douche. Il parlait bas. Je ne comprenais pas tout ; je pus saisir ceci :

« À la bibliothèque, plutôt. Après le dîner. Nous prendrons un digestif. J'étais inquiet, il paraît que vous me faites chercher partout.

– *Oh wonderful !* Je suis impatiente. Mais vous aviez oublié notre rendez-vous, *naughty boy* ! »

La clé fut retirée de la serrure. Couinement du fauteuil roulant. Les voix s'éloignèrent. J'entendis le bref jappement du petit chien, puis plus rien. Le silence. Les battements de mon cœur dans ma tête. J'attendis un peu. Rallumai.

De la sacoche en cuir pourpre, quelques instants plus tard, j'extirpai plusieurs photos en noir et blanc, les étalai sur le lit. Des portraits professionnels. Un très bel homme, la trentaine, cheveux blonds, regard bleu. Dans le bas, sur chacune, la signature d'un autographe. Des lieux, des dates écrits à la main. *Carnegie Hall, 1952… Tanglewood, 1953…* Sur l'une d'elles, l'homme était beaucoup plus jeune, la couleur du cliché un peu passée. *Vienne, 1938.*

Le travail du temps se superposa au glacis des clichés, laissant le regard intact, et mon trouble fut total, mon pressentiment enfin pleinement *conforté*, mes doutes résolus : Edwin de Vries voyageait avec les photos d'Allan Green jeune.

XXX

Pendant deux jours, Rose erra dans Portfou. On la vit partout. Elle questionnait chacun. Ruelle après ruelle, chez les commerçants, de place en place, dans les établissements de bains, elle promenait sa silhouette hagarde. Personne n'avait vu Axel Slope. Et dire qu'elle ne possédait pas même une photo de lui… Il n'avait pas mis les pieds à La Langouste ni à La Dorade, ni même sur le plateau Kraml où les artistes du cirque ne voyaient pas de qui elle parlait. Zarian ne fut d'aucun secours, naturellement ; il s'était d'ailleurs montré plutôt fuyant. Papadakis, elle, s'était apitoyée comme jamais.

Le premier soir, Rose l'avait cherché dans toutes les pièces de La Corniche. Tremblante, fébrile, elle l'appelait de couloir en coursive, comme on appelle un chat. Son ombre sauvage glissait sur les murs mal éclairés. Parfois, elle réprimait un sanglot, marmonnait des paroles incompréhensibles, puis elle hurlait son nom dans l'immense paquebot vide. Elle s'était rendue au débarcadère de la plage des Juges-Consuls. La barque n'y était plus. C'était peut-être un indice. Il faudrait lancer des recherches en mer.

Elle finit par se rendre à la gendarmerie. On lui sourit, ne vous en faites pas, il reviendra, une petite crise de fin de saison, non, non, on attend encore un peu, ne vous affolez pas, nous ferons des rondes dans la station avec la garde montée. Bref, molle coopération. Derrière les uniformes, ça riait en douce. Cruel. On la connaissait, la Rose St Just. Au revoir, Mrs. St Just. À bientôt. Prévenez-nous si vous avez du nouveau.

Ce n'est que le soir suivant qu'Haxton se décida à lui parler. Il lui avait fixé rendez-vous. Dans un lieu plutôt inattendu.

*

Il était vingt-deux heures passées. La chaleur était tombée. Rose avait longé le port et marchait sur un étroit chemin de terre qui bordait la plage en contre-haut. Au loin, elle aperçut le néon vert de l'enseigne du Mythos Bar. Des hommes parlaient devant la porte, cigarette au bec et chope au poing. Elle s'approcha, les voix se turent. Sans saluer, elle entra. C'était enfumé, là-dedans. Ça sentait la transpiration, le moisi et l'alcool bon marché. Deux néons bleuâtres inondaient ce bouge peuplé d'ivrognes. À l'exception d'une grosse fille bouffie aux cheveux rouges, Rose était la seule femme.

Au comptoir, le jeune Dimitrios, qui semblait déjà vieux, essuyait furieusement verre sur verre, parlant à qui voulait l'écouter et riant de ses propres blagues entre chaque phrase. Dans le fond, noyés dans une réflexion intense et dans leur pinte de bière, face à face devant un échiquier, deux individus repassés à la terre cuite avançaient des pions. Après chaque manœuvre, ils vidaient la moitié de leur pinte. À n'en pas douter, pour ces deux-là, c'était coup sur coup – en attendant *l'échec et malt.*

Tout de suite sur la gauche (Rose ne l'avait pas vu), assis à une table en formica orange, Haxton regardait cet élégant spectacle d'un air embarrassé, mains croisées sur le pommeau de sa canne. Il fit un petit geste.

« Rose ! »

Elle s'assit. Son regard dévasté était celui d'une veuve. Il lui prit la main.

« Haxton, dit-elle en écarquillant les yeux, pourquoi m'avez-vous donné rendez-vous dans ce lieu si sordide ? »

Le vieil homme soupira, se recula sur sa chaise puis, ajustant ses lunettes fumées, à contrecœur :

« Parce que ce que j'ai à vous raconter est sordide. »

Rose frissonna, passa une main dans son cou.

« Pour une fois, ajouta Haxton, je vous encourage à commander un verre. Un bon remontant.

– Que se passe-t-il ? Vous me faites peur. »

Dans la lumière blafarde, ils commandèrent. Leurs joues étaient creusées. Leur peau, vert sombre. D'un juke-box s'échappait la voix jazzy d'une chanteuse braillarde. Haxton prit un air emprunté.

« Sans doute, commença-t-il en parlant lentement, aurais-je dû vous le dire plus tôt. Mais je n'aime pas me mêler de ce qui ne me regarde pas. Et puis, depuis sa disparition…

– Quoi ?

– Vous savez que j'ai dessiné l'affiche et le carton d'invitation de notre soirée de gala, n'est-ce pas ?

– Bien sûr, voyons.

– Que j'ai acheté des jumelles de marine pour être plus précis dans les détails ?…

– Oui, oui, vous m'avez déjà dit tout ça…

– En croquant le cap de la Lanterne, j'ai forcément dessiné la villa de votre sœur. J'y ai passé du temps, plusieurs heures, le soir, pour capter la lumière. Et je suis au regret de vous dire qu'une nuit… j'ai vu des choses que je n'aurais pas dû voir.

– Ma sœur…

– En compagnie d'un homme.

– Le gros Mackenzie.

– Non. Axel Slope. Votre Axel. Ils… Excusez-moi d'être direct, ils faisaient l'amour… sur la terrasse arrière… À travers les baies vitrées, je voyais tout… »

Rose s'était immobilisée. Son visage était de craie. Elle poussa un cri minuscule, si faible qu'on eût dit un petit animal. Sa tête se mit à dodeliner de façon à peine perceptible. Puis ses mains se mirent à trembloter. Elle vida d'un trait le verre de blanc bouchonné qu'on lui avait servi. Haxton poursuivit.

« Je sais que vous me haïssez à cette seconde. Mais je me devais de vous le dire. J'ai essayé de vous mettre en garde… Je tiens à vous, Rose. Vous ne pouvez plus vous mentir. »

Rose restait de marbre. Haxton avait les larmes aux yeux. Des deux, c'était presque lui le plus touché. Il hésita, reprit :

« Et puis… Il y a autre chose, Rose. Axel Slope n'est pas du tout trapéziste. Il ne travaille pas au cirque Tetrallini.

– Je sais, je sais…, fit Rose d'une voix blanche, le regard baissé.

– C'est Zarian qui me l'a appris. Alors j'ai voulu savoir qui était ce type. J'ai mené mon enquête. Pour vous, pour nous, pour votre réputation. Et c'est pas joli-joli. »

Il s'interrompit, redoutant une crise subite de la part de Rose, une rage publique, des cris, quelque chose d'excessif qui lui ressemblait. Mais rien. D'une voix étrangement douce, elle se contenta de dire :

« Alors quand il me disait qu'il dormait dans sa roulotte, il était à Fanal Terrace… Je n'ai rien vu, rien compris. Je suis idiote, n'est-ce pas, Haxton ? Dites-moi que je suis une petite idiote ! »

De nouveau, le vieil homme lui prit la main. Puis, parlant très vite comme pour se débarrasser d'un poids :

« Axel Slope s'appelle bien Axel Slope. C'est une sorte de prostitué à la petite semaine qui écume toutes les stations de la côte est, été comme hiver. Il approche des femmes riches, seules, et monnaie ses services, ou bien ne leur dit rien mais leur soutire des sous. Il paraît que même avec des hommes, parfois… L'an dernier, le jeune comte François de Nothungwald-Märsen s'est fait avoir. Il est prêt à tout. Seul l'argent l'intéresse. Et votre sœur est tombée dans le panneau, elle aussi… Je sais tout ça par mon réseau. Ce type est assez malin pour échapper à la police juste à temps. Le soir du bal musette, il a dû voir quelque chose qui l'a fait fuir. »

Rose pensa à l'apparition de Mme Tetrallini. Mais comment l'aurait-il reconnue ? Il y avait eu des photos d'elle dans le journal local. Peut-être… C'était ça ou autre chose.

« Promettez-moi que vous ne lui avez rien légué, ni jamais donné d'argent. »

Rose plongea sa tête dans ses mains, la releva aussitôt et regarda Haxton intensément. On entendait toujours la chanteuse qui braillait un autre standard de jazz. Le jeune Dimitrios, comprenant qu'il se passait quelque chose, leur apporta deux nouveaux verres.

« La tournée est pour moi. Ne soyez pas triste, Mrs. St Just. Il reviendra. »

Même ici, alors qu'elle ne venait jamais, on la connaissait. Même ici, on savait. Rose se mit à pleurer en silence.

« Non, mentit-elle à Haxton, je ne lui ai rien légué, je ne lui ai pas donné d'argent. Je vous le promets. Promis, promis… »

Le vieil homme afficha un air dubitatif, haussa les épaules. Ils se turent un long moment.

« Pour ce qui concerne votre sœur, reprit Haxton lorsque Rose eut séché ses larmes, c'est un peu plus embêtant.

– Ah ?

– Vous allez comprendre pourquoi je vous ai fait venir ici. »

D'un geste vif, il adressa un signe à l'un des joueurs d'échecs.

« Yannis ! appela-t-il. As-tu cinq minutes ? »

Puis, plus bas, à Rose :

« Je voulais que vous l'entendiez de sa bouche. Seulement, pour qu'il parle, il faut attendre au moins vingt-deux heures, ici, quand il a descendu plusieurs fûts de bière.

– Qui est-ce ?

– Le plus vieux notaire de Portfou. Et aussi celui d'Elizabeth. »

Le bonhomme vint se planter devant eux d'une démarche peu assurée. Il était chauve avec des lunettes ; une tête de cheval, large et congestionnée. Rose reconnut l'homme à qui Mackenzie s'était adressé le soir du bal musette. Il s'inclina à peine. Haxton fit les présentations.

« Ah ! s'exclama-t-il en se grattant la tête. Je connais bien votre sœur. Une belle femme, hein. Comme vous, d'ailleurs, dans un autre genre. Si vous êtes aussi généreuse qu'elle, ça doit faire une chouette famille ! Vous savez jouer aux échecs ?

– Ma sœur, généreuse ?… demanda Rose en cachant son trouble.

– Et comment ! Elle vous en parlera certainement, elle a fait don de sa villa à un jeune homme – dont je ne peux pas hélas donner le nom, vous comprendrez, secret professionnel, ah, ah ! Vous l'apprendrez bientôt, ça va vous plaire. »

Rose lança un regard perdu à Haxton, qui approuva d'un air catastrophé.

« Et puis, poursuivit d'une voix pâteuse le notaire, elle vous dira bientôt pour l'offre de rachat de La Corniche. Les papiers sont prêts. Mr. Mackenzie a tout relu hier. Elle vous dira, elle vous dira. Je vous offre une bière ? »

XXXI

La main dans le sac. Liquéfiée, j'entendis de nouveau cliqueter la serrure de la cabine. Trop tard pour éteindre, me cacher. Ç'avait été fulgurant. La porte s'ouvrit. Je n'ai aucune idée de la tête que je faisais ; elle devait être assez grotesque car c'est dans un grand éclat de rire aussitôt réprimé qu'entra Otto Killinger. Porte refermée ; puis chuchotements.

« Voici votre *partner in crime* ! fit-il en écartant les bras, paumes ouvertes. Petite cachottière ! Est-ce que vous trouvez ce que vous voulez ?

– Otto, ce n'est pas drôle. Vous m'avez flanqué une de ces trouilles… C'est Vincenzo qui vous a prévenu ?

– Il s'inquiétait pour vous. Et comme cet Edwin de Vries ne nous semble pas net non plus, je vole à votre secours.

– Charmant ! J'allais partir. Maigre récolte. Des photos d'Allan, rien de bien concluant. »

Le parfum d'Otto sentait délicieusement bon. Si le danseur de tango rentrait tôt, il le sentirait, devinerait un passage étranger. Nous devions nous hâter.

« Seule certitude, repris-je, c'est qu'il est venu pour Allan.

– Avez-vous regardé l'endroit révélateur ?

– Le quoi ?

– Le lieu qui dit tout. Un coup d'œil et vous savez à qui vous avez affaire.

– Eh bien ?

– La salle de bains. Et plus précisément l'armoire à pharmacie. Vieux réflexe de médecin.

– Non. J'avoue que non.

– Quelle amatrice vous faites ! » dit-il en me prenant le coude une seconde.

Cette fois, je n'eus pas envie de me dégager. Otto fit coulisser la cloison, alluma, ouvrit l'armoire en question, inspecta la poubelle. Ce fut bref. Ses gestes assurés étaient ceux d'un professionnel. Et sur un ton de juge :

« Notre enquête éclair nous apprend que Mr. de Vries perd ses cheveux, qu'il souffre de saignement aux gencives et qu'il a du mal à s'endormir. Ce ne sont pas les boîtes de Valium qui manquent. Néanmoins, aucune tablette n'étant entamée alors que nous sommes en vol depuis quatre jours, nous en déduisons que soit il dort exceptionnellement bien, soit, vu la quantité, et n'ayant pas le profil d'un dépressif ou d'un suicidaire, il les destine à quelqu'un d'autre, à forte dose, sans doute. Comme il possède aussi de la digoxine, nous savons qu'il souffre par ailleurs d'insuffisance cardiaque. Et a des problèmes de jambes lourdes. Et il s'est récemment coupé quelque part, rien de bien grave, il y a une petite enveloppe de Tricosteril dans la poubelle. Enfin, Mr. de Vries dissimule sa couperose sous une crème masquante des laboratoires Bioderma. Voilà, nous savons tout. Médicalement parlant, votre danseur de tango est bien ordinaire et bien décevant, en fin de compte.

– Vous ne m'aviez pas dit que vous étiez aussi inspecteur.

– C'est que je ne m'occupe que des dossiers qui m'intéressent. »

Il me prit avec douceur les épaules, plongeant ses yeux dans les miens. Je reculai timidement. Il y eut un silence qui me sembla interminable. Mon instinct de protection me paralysait. Plus jamais un homme ne pourrait me faire du mal comme Gilles. J'avais envoyé toute violence derrière les portes d'un enfer fermées à triple tour. Je ne m'autorisais aucun risque. Non, je ne serais pas la petite aventure du zeppelin, non, je ne serais pas la petite journaliste frivole. Pas de violence. Pas de sang. Ne pas me faire du mal.

« Otto… », murmurai-je simplement.

Je ne voulais pas prononcer le mot « non ». Il s'approcha de moi, très peu, le regard plein de compréhension. Avec une grande délicatesse, il m'embrassa les cheveux puis retira ses mains, fit quelques pas en arrière dans la cabine. J'éteignis.

Seule la veilleuse nous baignait d'une lumière bleue. Nous sortîmes. Dans le couloir, Otto Killinger se retourna et m'envoya un baiser de la main avant de s'éloigner vers les salons.

*

« Nous sommes devenus les meilleurs amis du monde ! » dit Allan d'une voix forte avant de fermer la porte derrière lui.

Il était tard, les environs de minuit, et le vieil homme empestait le cigare. Je l'attendais depuis une bonne heure, de plus en plus inquiète, assise dans le fauteuil paquebot près de son lit. Je l'aidai à retirer sa veste. Il soufflait. Il pliait et dépliait ses doigts pour se détendre.

« Et voilà ! lâcha-t-il en poussant un soupir. Mission accomplie. Vous avez trouvé quelque chose ? »

Je fis la recension de ma folle aventure, taisant au passage l'intervention inopinée d'Otto, avant de conclure avec maladresse :

« Il voudrait vous empoisonner qu'il ne s'y prendrait pas différemment.

– Ah ! réagit Allan en se frappant la cuisse d'une main. Quelle imagination ! Mais vous faites fausse route, oubliez tout ça. Mes premières angoisses étaient injustifiées. Le coup du briquet, c'était pour m'intimider, me lancer un signal. Mais ce petit salopard n'est pas venu pour me tuer.

– Salopard ? Vous êtes pourtant devenus amis…

– Ce que vous êtes naïve ! C'était pour que les cabines voisines m'entendent. Non, non, ce type est venu me trouver pour autre chose. Il a voulu que je lui raconte tout. Ma version.

– Votre version de quoi ?

– De ce que je n'ai encore jamais osé vous raconter. Au point où nous en sommes… Ah, chère Amelia… En plus, il me croit très riche. Avec mes droits d'auteur depuis toutes ces années… Ça, il n'est pas venu me zigouiller. Zéro vengeance.

– Alors quoi ?

– Il est venu me faire chanter. Il sait des choses qui n'ont jamais été révélées par la presse. Et qui sont vraies. Alors il me demande du fric, maintenant qu'il a retrouvé ma trace. Un virement effectué en plein ciel, avant notre arrivée, sans quoi il balance tout sur les réseaux sociaux. Une somme astronomique. Que je n'ai pas, naturellement.

– Comment allez-vous faire ?

– Ça, c'est mon problème. J'ai ma petite idée.

– Ne prenez pas de risque, Allan. Je peux vous aider ?

– Certainement pas ! Et je prendrai les risques que je veux. Vous savez, à mon âge, la perpétuité, je m'en fous royalement. Dites-moi, je vais m'allonger sur le lit. Servez-vous un café serré. Si, si. Je vais tout vous raconter. »

XXXII

À travers la marquise de verre et de métal, il aperçoit le ciel bleu. Peu de voyageurs sont descendus du train. Il est quasiment seul dans cette immense gare. Un parfum de figues et de lauriers-roses la traverse. L'air est chaud. Aucun comité d'accueil – exactement ce qu'il désirait. Il a pris un billet pour arriver la veille de la date communiquée à M. Fix-Haxton, histoire d'être un peu tranquille, de jouir de la station, de se concentrer sur les répétitions à venir. La série de concerts de Wexford Hall et de Marbelstone l'ont épuisé. Demain, il dormira à La Corniche du Rayon Vert, chez cette Mrs. St Just qui donne son gala ; mais ce soir, sans qu'on le sache, il a pris une chambre au Reynitas. Il y déposera sa valise, se changera, gagnera la plage pour nager avant la nuit. Pas de photographes, pas de journalistes ou d'admirateurs collants. Un petit temps rien que pour lui. Il sort de la gare. Des jeunes femmes se retournent sur son passage. Un homme aussi beau, elles n'en ont pas vu à Portfou depuis que la lampisterie a été détruite et que le lampiste a traversé la frontière, il y a dix ans. Qui est-ce ? Il débouche sur le promontoire du viaduc. La grande toison bleue de la mer se tend devant lui, l'étouffe, *le déborde*, l'aspire de toute sa pureté, de tout son sortilège immobile. Un escalier. Il le descend.

*

C'est après plusieurs brasses que les notes du *Concerto pour Apollon* viennent le chercher. Il a d'abord filé un crawl impeccable vers le large, vers cette pointe où se dressent un phare et, à ses côtés, une villa moderne tout illuminée ; à présent il revient vers la plage encore lointaine, pâle dans la nuit finalement tombée. Son installation à l'hôtel l'a retardé. Tant pis. Il goûte chaque instant ; ces vaguelettes qu'il embrasse du menton, la résistance de l'eau que ses bras défont à chaque fois qu'il les ouvre, la courbe scintillante de la baie étoilée de maisons blanches. Le thème principal du concerto l'obsède. Quelques notes perlées au piano. Trois notes répétées, sensuelles, avec dans la mélodie quelque chose de lascif. *Fa, mi. Fa, mi, do* dièse. *Fa, mi, do* dièse. L'orchestre rejoint le piano, une explosion de couleurs et d'harmonies qui enveloppent le public, l'entraîne dans ses séductions troubles. Depuis combien de temps n'a-t-il pas joué le concerto ? Deux, trois ans ? La dernière fois, c'était au Wigmore Hall. Demain, il s'entraînera tout seul après le déjeuner prévu avec la fameuse Rose St Just. La première répétition avec orchestre a lieu après-demain. Il sera prêt. Quel bonheur de nager incognito. Il aime déjà Portfou. Il reviendra.

*

Il sort de l'eau. Ça ruisselle partout sur son torse, son dos et ses cuisses en petits crépitements liquides ; ça fait une multitude de crevasses brunes dans le sable. Il se penche, prend sa serviette de bain et se sèche en regardant la lune. Et puis il y a ce bruit sur sa gauche. Un cliquetis métallique. On dirait quelqu'un jouant avec un briquet. Il tourne la tête ; il ne s'est pas trompé. La silhouette d'un homme, assis sur un rocher, à quelques pas de lui. Qui le regarde. Un homme jeune, cheveux châtains, très fin, musclé – il ne porte pas de chemise, juste un short court. La flamme de son briquet s'allume par intermittence. Allan reste immobile. L'observe à son tour. L'autre se lève dans un mouvement animal, s'approche d'Allan. Derrière lui, la mer rejette sur la grève ses petites vagues blanches comme des murmures. L'inconnu est là, il se tient droit, le regard clair ; il s'est arrêté tout contre Allan qui frissonne ; il allume de nouveau son briquet qui luit sous la lune, Allan le voit très bien, ce briquet, élégant, avec deux lettres enlacées. Il se concentre sur l'objet, de peur d'avoir à dévisager l'inconnu. Veut-il une cigarette ? Hésitations. Non, répond Allan. Non, je ne fume que très rarement. « Une cigarette… ou autre chose ? » Autre chose ? « C'est trois cents francs. Ici, on ne risque rien, je suis un habitué. » Long silence. Solitude cruelle. Ils se jaugent l'un l'autre, le corps plus que la voix. Allan n'entend plus que le chuchotement encourageant du ressac ; puis il acquiesce. C'est furtif, mais c'est oui. Oui. L'inconnu s'éloigne alors dans l'ombre de la plage, vers les falaises. Allan le suit. Un petit temps rien que pour lui. Ce soir, il va goûter les premières gorgées du poison de Portfou.

XXXIII

CORRIERE DELLA SERRA
11 décembre 2014

Disparition de Philippe Wurm : un maître chanteur dans la région des lacs ?

Le corps sans vie du banquier suisse a été retrouvé dans sa chambre du Grand Hôtel de Gardone Riviera.

C'est hier matin que le personnel du prestigieux hôtel a fait la macabre découverte. Philippe Wurm était bien connu de cet établissement où il descendait plusieurs fois par an. Après l'intervention des carabinieri et du médecin légiste qui ont constaté des traces de strangulation, une enquête a été ouverte par la police de Brescia.

Plusieurs témoignages convergent vers la piste d'un maître chanteur. En effet, Philippe Wurm a été vu à plusieurs reprises ces derniers jours en compagnie d'un inconnu très élégant avec qui il dînait. « Il avait entre cinquante et soixante ans et parlait d'argent, de virement bancaire, avec de grands gestes, à un moment j'ai cru qu'ils se disputaient », rapporte l'une des serveuses du restaurant de l'hôtel qui souhaite garder l'anonymat.

Selon notre correspondant en Lombardie, ce ne serait pas la première fois que cet individu opère cette année. Caméléon, endossant de multiples identités, il évolue dans les milieux aisés et extorque de l'argent à ses victimes sous la menace de révélations gênantes touchant à leur vie privée.

Meurtrier présumé, dans sa propriété du lac de Côme, de la comtesse Boubinesco qui n'avait pas cédé au chantage, l'été dernier, l'homme fait l'objet d'un mandat d'arrêt international. Habile, il échappe jusqu'ici à toute interpellation. Malgré de nombreuses plaintes, on ignore le nombre exact de ses victimes. Il descend dans les palaces sous divers noms, parmi lesquels sir John Wolf, Antonio Escobar ou Charles de St Just, et son apparence ne cesse de changer. En dépit de témoignages concordants sur son allure et ses comportements, aucun portrait-robot n'a pu être établi.

XXXIV

« Le digne fils de son père ! » s'exclama Allan une fois que j'eus terminé la lecture de l'article.

Il soupira. Il y avait quelque chose d'*inéluctable* dans ce soupir, d'inévitable. Les faits remontaient à quelques années mais les récidives étaient plus que probables – au moins étions-nous fixés. Je posai ma tablette sur la nappe. C'est Allan qui avait eu l'idée d'interroger Internet : *Maître chanteur. Chantage. Argent. St Just. Slope.* Cela avait suffi.

« Avoir affaire à un maître chanteur quand on est compositeur, tout de même, c'est assez savoureux », s'était contenté de commenter le vieil homme.

Nous survolions la mer. À perte de vue, rien que le miroir bleu des vagues, pas un navire, juste le ciel inversé. Allan remuait son café, le regard tourné vers le dehors. La salle à manger était encore déserte. Assis l'un en face de l'autre, table 20, nous devions afficher un air embarrassé, sinon affligé, à tel point que le maître d'hôtel s'inquiéta. Nous le rassurâmes.

« Voulez-vous m'apporter ma mallette ? » me demanda Allan au bout d'un moment. Intriguée, je l'abandonnai, revins.

« Merci, Amelia, de veiller ainsi sur mon seul bien. Le bien d'un *errant*, d'un *Wanderer* », dit-il le visage assombri par des pensées qui m'échappaient.

Puis il actionna une fermeture éclair et tira d'une poche extérieure un haut et large cahier à spirale qu'il me tendit.

« Ça, c'est pour demain soir », fit-il très fier.

C'était la partition du *Concerto pour Apollon*. Une réduction pour piano et orchestre à cordes. Il ne s'en séparait jamais. Par bonheur, Allan avait déniché chez les passagers un violoniste japonais et sa femme, violoncelliste, qui représentaient la Juilliard School où ils étaient professeurs, et mécènes privés du projet Zeus. La fête commencerait donc par un concert. Amusé, il me reprit la partition des mains, la rangea et appuya sur les serrures de la mallette. Déclics.

« Et ça, ajouta-t-il d'un ton grave cette fois, c'est pour maintenant. »

Calmement, il saisit un par un plusieurs pétales d'iris qu'il déposa sur une soucoupe, une dizaine, extirpa d'une trousse d'écolier un rouleau de gaze ainsi qu'une minuscule paire de ciseaux, referma la mallette qu'il glissa entre ses jambes et la cloison.

« Allan ! » fis-je, subitement inquiète.

Il me regarda, feignant l'étonnement, et posa son index sur ses lèvres en faisant non de la tête. Une lueur d'apaisement passa dans ses yeux. Au même instant, on entendit la voix de Kay Spencer. Le fauteuil roulant fit aussitôt son entrée dans la salle à manger, poussé par Edwin de Vries tout sourire.

« J'ai une faim de loup ! lança la grosse femme en agitant ses mains pour nous dire bonjour. Que l'on m'apporte des croissants, du bacon, des *scrambled eggs*, des brioches ! Oh, *dear*, Mr. Green, vous n'avez rien dans votre assiette, vous ne mangez rien ?

– Il arrive, fit remarquer Edwin de Vries, que l'appétit soit coupé quand on est préoccupé.

– Préoccupé ? s'étonna Kay Spencer. Par quoi ? Mr. Green, dites-nous.

– Je ne suis pas exactement préoccupé, rectifia Allan en saluant chacun, je suis concentré. Figurez-vous que ce soir, je jouerai pour vous au piano. Je pense à ma partition… »

Edwin de Vries, qui s'était assis, dépliait sa serviette.

« Quelle sympathique surprise, dit-il d'un air distrait. Vous nous ferez chanter ?

– Mais certainement, intervins-je. Il paraît que vous avez une belle voix. »

Le danseur de tango commença par éclater de rire, se rengorgea, toussa, et but d'un trait le jus d'orange qu'on venait de lui apporter.

« J'ai faim, j'ai faim ! continuait Kay Spencer.

– Ce doit être l'air de la mer, dit Allan en ouvrant le rouleau de gaze avec des gestes précautionneux.

– Cette vue n'est-elle pas *extraordinary* ? s'écria l'Américaine. C'est encore mieux que sur le *Queen Mary II*. Avez-vous déjà pris le *Queen Mary II*, Mr. de Freeze ? »

Allan, à présent, découpait un carré parfait d'une dizaine de centimètres.

« Mais bien entendu, répondit l'imposteur. On n'y croise pas, hélas, de compagnie aussi agréable que la vôtre. »

Kay Spencer roucoula, ajusta son chapeau (un bibi à la mode des années trente) et caressa frénétiquement son petit chien endormi sur ses genoux. Edwin de Vries comptait-il la spolier, elle aussi ?

« Ne me flattez pas ainsi, Edwin – je peux vous appeler Edwin, n'est-ce pas ?

– Depuis ce délicieux moment, hier soir, je ne peux qu'accepter. Je n'oublierai jamais ce thé pris avec vous dans le fumoir. Comme je n'oublierai pas, cher Allan, notre dîner passionnant, nos souvenirs, nos nobles engagements. »

Allan ne répondit pas. Il sourit, acquiesça avec courtoisie, lançant à Edwin de Vries un regard que l'on aurait pu croire amical. Très absorbé par ses manipulations, il saisit un par un les pétales d'iris qu'il plaça au centre du carré de gaze.

« De quoi avez-vous parlé ? demandai-je sur un ton des plus candides.

– De tout ! se hâta de dire Kay pour parler d'elle et de peur qu'Allan ne répondît le premier. De ma vie exceptionnelle, de la chance que j'ai eue en épousant mon défunt mari, *poor man !*, de mon ranch dans le Connecticut, des millions que j'ai largués pour financer la campagne de…

– Oh, l'interrompit Edwin, ne dites pas tout… N'abîmez pas nos confidences.

– *Right, right !* Cher Edwin !… »

De sa trousse, indifférent à ces stupidités, Allan avait tiré un fin cordon qu'il coupa. Puis il ramena les quatre coins du morceau de gaze en un point unique, enveloppant les dix pétales mortels en un sachet qu'il serra avec le cordon – dernière étape de cette cérémonie dont il était le maître. Kay l'avait observé :

« *Oh wonderful !* J'ignorais, Mr. Green, que vous étiez amateur de thé !

– Grrrand amateur ! dit-il en roulant les “r”.

– Jamais je n'aurais l'idée de confectionner mes sachets de thé, fit Edwin de Vries.

– C'est tout un art », répondit Allan en suspendant dans l'air le sachet qui tourna sur lui-même au bout de sa ficelle.

J'étais muette devant l'habileté d'Allan, son flegme pendant qu'il présentait à sa victime le poison qui la terrasserait. Me faisais-je des idées ?

« J'ai une grande passion pour le thé ! dit Kay en tendant le bras au-dessus de la table, prête à saisir l'arme du crime. Quels arômes délicieux ! De quelle région proviennent ces fleurs séchées ?

– C'est un secret, madame. Si vous le désirez, je me ferai une joie de vous en parler ce soir après la fête.

– Que de surprises ! Que de surprises ! répétait-elle en caressant son chien. N'est-ce pas, Albert ? Accepteriez-vous que Mr. de Freeze se joigne à nous ? Nous ne nous quittons plus !

– J'en serais absolument ravi, vous ne pouvez pas imaginer, répondit Allan en glissant le sachet dans sa trousse qu'il referma.

– Ce voyage sera décidément inoubliable », conclut le danseur de tango tandis qu'Otto Killinger nous rejoignait à table.

Allan sourit. Edwin de Vries le regardait d'un air arrogant, dominateur, ignorant que, désormais, le maître avait changé d'habits.

XXXV

Nuit profonde, encore et partout. Après le départ d'Haxton (qui avait pourtant insisté pour la raccompagner), Rose était restée boire au Mythos Bar avec la fille aux cheveux rouges. Jusqu'à la fermeture. Dévastée mais dans un état de conscience étonnamment durable, elle l'avait fait parler, parler, parler. Elle en avait assez de son malheur. Celui des autres la rassurait, surtout quand il surgissait entre un comptoir et un tabouret de bar. Sur le coup, Rose n'avait rien manqué des digressions baroques dont s'ornait le récit à la faveur de la fatigue et d'un chapelet de verres d'ouzo. Mais à son réveil, il ne lui était resté que la teinture des cheveux, l'haleine repoussante de cette femme à bout, l'image d'une chapka portée les nuits d'errance dans le froid d'une ville en quête d'un porche abandonné pour s'endormir un peu, ses longs doigts déformés et son regard d'enfant brisé. Elle lui avait aussi parlé d'une galerie de peinture moderne au Japon, ou à Hong Kong,

Rose ne savait plus, mais c'était plus tard, beaucoup plus tard, beaucoup trop tard.

Sa montre marquait midi. Rose s'était levée d'un bond, affolée, encore saoule. Elle avait rendez-vous pour déjeuner avec le pianiste et compositeur Allan Green. Catastrophe. Elle était restée longtemps sous la douche, longtemps devant son miroir à sauver les restes de sa rédemption fauchée. Elle avait ajusté son bandeau saumon. Contre toute attente, elle n'avait jamais été aussi belle. Elle affronterait la corvée avec dignité.

Vite, vite, elle s'était précipitée à La Langouste pour arriver avant le musicien. Bonjour, Paul, non, annulez la table 20, il fait trop chaud, j'ai trop chaud, nous déjeunerons dehors, sous les parasols, il y a un peu d'air, vous ne trouvez pas ? Et puis je vais prendre un verre de blanc, oui, tout de suite.

Derrière sa cravate, Paul lui avait lancé un clin d'œil. Il avait deviné son état. Pour encourager sa vaillance, il voulut la rassurer :

« Si toutes les clientes étaient comme vous, Rose ! J'peux plus les piffrer, moi, les bimbos amorties qui se croient belles et qui râlent tout le temps. Trois quarts de gueule, un quart de cul, oui ! Bon, j'vous apporte le menu pour le monsieur. »

*

Redevenue normale après deux verres, Rose s'était mise à guetter Allan Green. Par où arriverait-il ?

Elle ne savait pas à quoi il ressemblait mais Haxton, avec sa délicatesse coutumière, avait fait parvenir au compositeur son dernier roman avec une grande photo d'elle (maquillée à la truelle) sur la quatrième de couverture. Un compositeur... Une cohorte de clichés la traversait, Verdi et sa barbe de noble vieillard, les moustaches de Puccini, le visage parcheminé d'ombres d'un Wagner poursuivi par ses créanciers, la perruque de Mozart... Quel personnage digne de Portfou et de ses monstres échoués serait cet Allan Green ?

Il apparut sous les bougainvilliers de la tonnelle. L'opposé d'un *Kappelmeister* à rouflaquettes parfumé de naphtaline. Grand, mince, vêtu d'une veste de lin ocre, d'une chemise indigo et d'un pantalon de toile clair, il s'était dirigé sans hésitation vers Rose, un Leica sanglé autour de l'épaule. Son visage était celui d'un jeune premier, avec quelque chose d'un peu abîmé qui le préservait de la gravure de mode. Rien de lisse ni d'ennuyeusement beau. Une grâce hors des canons, une bonté à fleur de regard, une très ancienne solitude enfouie sous une voix de sage.

« Vous êtes Rose St Just ? Je suis Allan Green. »

Elle s'était levée, tendant sa main, d'abord muette, impressionnée, puis embarrassée par son ivresse (s'il avait été laid, elle s'en serait foutue), puis fixant l'instant avec concentration, puis lui souriant, puis se sentant désemparée devant ce charisme et ce corps inattendus. Tant pis, tant pis, ayons l'air d'attaque, ressaisis-toi ma cocotte, mais pourquoi lui ? Ne pouvait-on pas m'envoyer un gros chauve, en eau ? De l'eau, c'était d'ailleurs bien ce qu'il lui fallait. On respire. On se détend. Je suis si heureuse de faire votre connaissance, Mr. Green.

*

Elle lui fit penser aussitôt à sa sœur. En plus lumineuse. Quelques années plus tôt, elle avait dû être splendide, les traits encore épargnés par une consommation trop appuyée (il avait tout saisi à la seconde même où elle s'était présentée), un sourire plein d'espoir presque intact, car ici et là, le pourtour des lèvres se lézardait, oh, trois fois rien, des rides serrées comme des torrents minuscules. Sous les yeux, d'autres sillons soulignaient un malheur rampant, une très ancienne solitude qu'aucune gorgée n'était parvenue – ni ne parviendrait – à neutraliser. Il y avait quelque chose d'électrique et d'immédiat dans cette grâce bancale, un *charme à la mer* qui dérivait sans doute depuis longtemps. Une envie d'être considérée, regardée – protégée. Entre les parasols, des rideaux de poussière illuminée par le soleil dressaient autour d'elle un décor de tulle or. Elle portait un parfum où se mêlaient des fragrances d'œillet et de cannelle. Peut-être en glissait-elle deux ou trois gouttes dans le bandeau qui magnifiait ses cheveux blonds. Pourquoi ne connaissait-il pas cette femme pourtant célèbre aux États-Unis ? Comment avait-il pu passer à côté de ses romans, lui l'érudit ? Il regarda ses mains délicates, sa robe blanche qui découvrait ses épaules, son regard vaguement apeuré, fatigué mais tout à lui. Sa sœur. Vous venez ici souvent ?

*

Le déjeuner dura trois heures. Ils se racontèrent tout. Ou presque. Haxton, qui devait les rejoindre pour le café, déclina *par porteur*, sollicitant les services de Joséphine qui remit le billet. En vérité, Haxton s'était posté à l'intérieur (à la table 20 devenue libre), les observant l'un et l'autre, devinant la rareté du moment, imaginant ce très bel homme vieillir, ses cheveux blancs, un jour une canne à la main, comme lui, et Rose repartie d'un bon pied, renouant avec le succès, oubliant ses erreurs, ses vices, ses *à-quoi-bon*.

Allan buvait du thé vert. Rose du thé jaune, avait-elle plaisanté en haussant les épaules. Elle lui avait posé question sur question, le poussant au détail malgré sa pente naturelle pour le secret et son éducation indélébile : ne jamais parler de soi. Limitant les développements, il avait raconté sa jeunesse viennoise, ses premières compositions, son père, horrible imprésario, les honneurs vite étouffés par la montée du nazisme et puis la fuite en Amérique avec ses parents, *in extremis*. Ses grands-parents et sa sœur restés en Autriche auraient dû les rejoindre trois jours plus tard. Le destin n'avait rien voulu entendre : ils avaient été arrêtés. Déportés.

Par pudeur, il avait balayé le sujet – histoire de ne pas raviver devant Rose sa douleur, le cauchemar que même l'exil n'avait pu atténuer. Cauchemar prêt à entrer en éruption à tout moment. Il avait préféré parler de son retour en Europe. Il ne composait plus depuis la guerre. Sous le nom d'Allan Green, il esquissait une carrière de pianiste. On faisait appel à lui, timidement, souvent pour un remplacement au pied levé. Les orchestres savaient très bien qui il était ; mais l'époque avait changé, les courants musicaux aussi, c'était le temps de Berg, Schönberg, Webern, sa musique postromantique était démodée, on ne le jouait plus que par politesse. Nouveaux courants. Nouvelle école. Vienne l'avait un peu trahi.

Autour d'eux, les clients ne comptaient pas. De temps à autre, le ressac tombait dans le silence de leur rencontre pour mieux les réunir. Au loin, les brumes se dissipaient au creux des criques. La grande houle argentée venait bercer leurs voix. Rose flottait un peu. Allan la prit en photo à plusieurs reprises. Le choc de la veille n'avait pas encore éclaté en elle ; c'était là, larvé, mais c'était trop tôt. Elle était même surprise d'être autant détachée de toute cette tromperie. Alors elle racontait. Elle se racontait. Tant qu'elle s'en était tenue à New York, à West Village, à ses romans et à l'héritage de La Corniche, Allan l'avait écoutée avec l'attention émerveillée des enfants ; mais quand elle s'était mise à parler d'Axel Slope, à le décrire, le visage d'Allan avait changé – jusqu'au récit du Mythos Bar où il s'était littéralement décomposé. Une sorte d'effroi rétrospectif l'avait saisi. Comment oublier cette première nuit à Portfou, la plage, le corps du prostitué au briquet ? Bien entendu il n'en dit mot. Il avait compris que, désormais, il était, il serait éternellement lié à l'histoire de Rose, à son malheur, à cette fatalité qui lui collait aux basques. En dépit de ses efforts pour dissimuler son trouble, son embarras n'avait pas échappé à Rose. Elle avait regardé sa montre, il était près de seize heures, déjà, Allan, pardonnez-moi, je parle trop, vous devez aller au théâtre pour répéter, n'est-ce pas ? – Non, non. Ce soir, plus tard, j'irai ce soir. Prenons un café et allons nous promener.

*

Ils ont pris le sentier des douaniers. Rose a voulu l'emmener là-haut, sur le plateau Kraml pour lui montrer la vue, le cirque, lui prouver qu'elle n'a pas raconté n'importe quoi. Rose souffle. Vertige. Allan s'est arrêté. Ils sont là, tous les deux, dans le soleil de Portfou. Ils contemplent la baie. Rose dévisage Allan, lui sourit, vacille. Il la retient, la serre contre lui – longtemps. L'un comme l'autre, ils ont le sentiment d'avoir toujours été l'un avec l'autre. Ensemble. Côte à côte ; rien de plus. Il l'embrasse sur les cheveux. Au bout d'un moment, Rose se penche, s'agenouille, cueille quelques iris en bordure du chemin. Des iris couronnés. Elle lui dit le nom latin, puis les lui offre. Elle n'en revient pas, de cette rencontre. Rose a bien deviné qu'il est perdu pour les femmes ; pourtant elle sait que c'est la véritable rencontre, la rencontre qui annule toutes les autres. Elle pense à Axel Slope. À Liz. Ce soir, elle lui rendra visite. Elle veut tout savoir.

XXXVI

La fête s'annonçait pleine de promesses. Le coup d'envoi était prévu pour dix-neuf heures, avec le *Concerto pour Apollon* interprété par son créateur. Puis viendrait le dîner où l'on servirait du flamant rose au poivre de Penja, suivi de la fête proprement dite où l'on danserait, chacun y allant de son numéro répété avec application depuis des jours. Une longue table traversait les salons depuis le Jules jusqu'au Graf. Tout n'était que nappes blanches, bougies, palmes, ravissants bouquets surgis d'on ne savait où. Des haut-parleurs diffusaient des reprises de chansons des années vingt interprétées par Max Raabe, des airs de Kurt Warum. Les passagers rivalisaient d'élégance. Nous avions oublié le siècle. En souvenir de cette soirée, les chefs de rang distribuaient des petits sabliers gravés aux armes du zeppelin. On se lançait des défis, des *speed datings* improvisés ne devant pas excéder le temps du sablier. Otto me dévorait des yeux. Le commandant de bord venait saluer chacun.

On s'installait sur les chaises rouge et or disposées en arc de cercle pour le concert, quelle joie d'y assister, avez-vous remarqué le piano à queue en métal léger ? il paraît qu'il ne pèse que cinquante kilos.

Allan ne devait pas en mener large. Il avait insisté pour rester seul dans sa cabine, se concentrer, n'apparaître qu'au dernier moment. Il n'y a pas d'âge pour avoir le trac. « Oh ! cria soudain Kay Spencer. La banquise ! Regardez, nous survolons la banquise ! » On se précipita aux fenêtres. Il y eut des exclamations, des rires. Ce n'étaient que des nuages. Avec la lumière rasante du soir, il fallait forcer l'illusion. On songeait à une canopée de pins parasols saupoudrée de cendres blanches. Au loin, Vincenzo observait cette formation de cumulus d'un air un peu inquiet. Vexée d'avoir été moquée, Kay Spencer déclara que tout compte fait, elle ne chanterait pas. Elle en fut remerciée.

Les éclairages diminuèrent. Tout le zeppelin fut plongé dans l'ambiance rose des veilleuses et des bougies, le silence se fit, l'assemblée assagie toussa, se redressa, croisa les mains. Que représentait cet instant pour Allan Green ? Après tout ce temps, qu'éprouvait-il ? Verrait-il Rose, en pensée, assise au premier rang ? Parviendrait-il à maîtriser son émotion ?

Le violoniste japonais et sa femme violoncelliste firent leur entrée. Applaudissements. Sobrement, ils saluèrent, s'installèrent, s'accordèrent devant leur pupitre. Il y eut un petit temps. Puis Allan parut.

Il marchait avec précaution, le regard parti dans un monde auquel lui seul avait accès. Monde ancien peuplé de souffrances et d'êtres disparus, effacés. Il s'assit sur le banc. Le concerto devait commencer par le thème principal joué au piano seul. Trois notes répétées. Sensuelles. Au-delà du temps. Main gauche bien à plat sur le genou gauche. La main droite levée au-dessus du clavier. C'était maintenant. Les trois notes de toute une vie. Ses doigts épousèrent les touches et Allan Green se mit à jouer.

XXXVII

Tous les deux seuls dans le théâtre vide. Ils ont marché longtemps. Ils ont partagé leurs blessures dans la fulgurance, l'évidence de la rencontre. Frère et sœur, voilà ce qu'ils seront. Sans jamais se le dire. Ils n'ont pas eu le courage de grimper jusqu'au cirque – ils iront demain. Rester dans le vent, se perdre dans le rivage lointain, se bercer du mouvement des vagues qui montent à l'assaut de la lame noire des roches. Avancer dans le parfum de la pinède et des aiguilles chauffées par le soleil. Se jeter vers l'horizon. Se liguer contre leurs fêlures.

*

Et si demain Rose plaquait tout ? Retourner à New York, se reconstruire là où sa lumière s'est allumée : vocation, premiers succès, tirages vertigineux, lectures publiques – ces mille visages serrés dans l'ombre et le silence guettant sa voix, sa silhouette, la bienveillance de son sourire.

Elle trouvera bien un meublé dans le Village, pour commencer. Un trois-pièces du côté de Sheridan Square. Allan s'y installerait. Couple libre, chacun sa vie. Complices dans les fous rires, le soir, au coin du feu. Une bonne bouteille, de bonnes histoires. Tout un monde reparaît, c'est du passé, c'est insouciant, elle pense aux années d'or de Yaddo University, Rose est née trop tard, c'est une époque qu'elle seule pourrait ressusciter – les fantômes de Truman Capote, James Baldwin, Carson McCullers et Patricia Highsmith s'invitent dans l'*à claire-voie* de ses projets. Pourquoi ne pas tout recomposer ? Adieu, Corniche ; adieu, nuits défigurées. Allan sera le Messager venu défaire son sort.

*

Pourquoi s'acharner à poursuivre des tournées au rabais devant un public clairsemé ? Il n'en a plus envie ; la gloire l'a frôlé, à présent il s'en fiche. Trop de travail, trop de solitude. À présent Rose est là. Une fois le gala passé, il lui proposera de venir avec lui. Une petite vie tranquille, quelque part en Europe ou ailleurs, où elle voudra pourvu qu'ils soient ensemble – jumeaux de cœur, enfants bannis – si, si, je vous kidnappe, je vous emmène en Amérique, oubliez cette pierre qui ne cesse de tomber, abandonnez Sisyphe, rejoignez *Apollon*.

*

Rose voulait l'écouter jouer. Ils ont pris la route de La Corniche du Rayon Vert. Ils sont rentrés dans son ventre. Est-ce bien raisonnable, ce gala ? Tout le monde sait, pour elle, maintenant, c'est certain. Rose envoie promener ses doutes, assez ! qu'on lui fiche la paix, elle veut écouter Allan Green, elle s'est assise au premier rang, elle veut faire corps avec lui, il ne cesse de lui sourire en prenant place sur le tabouret. Que représente cet instant pour lui ? Rose pense à son passé à lui, à cette carrière partie en lambeaux. Je suis là, Allan. Je vous écoute. Elle ne le quitte pas du regard. Main gauche bien à plat sur le genou gauche. Il lève la main droite au-dessus du clavier. C'est maintenant. Ses mains épousent les touches et il se met à jouer.

XXXVIII

Fa, mi.
Fa, mi, do dièse.
Fa, mi, do dièse.

XXXIX

Fa, mi.
Fa, mi, do dièse.
Fa, mi, do dièse.

XL

Des éclairs, des cris, panique, ciel noir. Le tonnerre, la peur, prières, effroi. Foudre ici, foudre là. Prisonnier du grand roulis de l'orage et des âmes sans mesure, le dirigeable piquait du nez, se redressait, tanguait de plus belle sous les caprices de Zeus. Sitôt les premiers signes de la perturbation apparus, le commandant de bord avait donné l'ordre aux passagers de regagner leur cabine, de s'attacher sur les banquettes, d'éteindre les appareils électroniques. Tempête imprévue autant qu'imprévisible. Vincenzo ne cessait – en vain – de s'excuser. Pour une fois, quelque chose échappait à son contrôle.

La soirée avait pourtant bien commencé. Le concert avait été un succès. Allan, fou de joie, m'avait fait venir devant le public pour dire qu'il devait tout à sa nouvelle muse, moi gênée, bien sûr, Otto Killinger ravi. Kay Spencer avait applaudi du bout des doigts, Edwin de Vries avec une moue pleine de morgue qui déformait sa lèvre supérieure.

Après le dîner (régal absolu), il n'avait pas quitté Allan d'une semelle, prétextant mille sujets de conversation pour lui rappeler qu'avant l'escale à Portfou, il avait un ordre de virement à passer. « Oh, Mrs. Spencer ! s'était exclamé Allan en se précipitant vers le fauteuil roulant, je vous dois un tête-à-tête, ma petite explication sur le thé. » Frétillante autant qu'elle pouvait l'être, l'Américaine s'était propulsée à grands tours de roues dans le fumoir ; de toute façon, elle ne danserait pas, avait-elle cru bon de préciser. La musique et toute cette agitation parviendraient bien assez fort dans les salons privés. Allan n'avait pas manqué d'inviter le danseur de tango, mais oui, ma proposition tient toujours, je vous en prie, passez, je vous tiens la porte, cher Edwin.

Alors ils s'étaient installés autour d'une table Art déco sous l'attention empressée des serveurs étonnés d'avoir à leur apporter trois tasses et de l'eau chaude. « La réussite réside dans la façon dont on fait infuser ce thé », avait dit Allan d'un ton professoral, prêt à exposer ses secrets. De sa poche, il avait sorti son attirail, cette trousse d'écolier qui était le fourreau d'une fleur empoisonnée, et l'avait ouverte avec toute la componction qui sied aux cérémonials. Kay Spencer avait tenu à être la première à confectionner son sachet. « Il sera pour vous, Mr. de Freeze. *I would be very honoured*… que vous soyez mon goûteur, vous qui êtes un homme de goût. *A man of taste ! Absolutely !* »

Je n'avais pas assisté à cette cérémonie du thé, m'éclipsant de la scène de crime, retrouvant soulagée les bras d'Otto qui m'avait entraînée vers une piste de danse improvisée. Champagne par-ci, champagne par-là. Les passagers voletaient et tournoyaient d'un bord à l'autre du vaisseau. Ça se dandinait et ça chantait. Ça riait. Ça s'embrassait. Un zeppelin gonflé à la bonne humeur.

Les premières vibrations furent à peine perceptibles. Puis il y eut une forte secousse, une deuxième, et tous les passagers se turent. On n'entendit plus qu'un épais grondement – qui n'était pas celui des hélices. Au premier éclair, il n'y eut plus de doute. Les cris éclatèrent quand le dirigeable fut pris d'un grand cahotement, se renversant, quittant sa ligne d'équilibre comme un paquebot sa ligne de submersion. L'annonce du commandant mit le feu aux poudres. Ce fut la débandade. Je courus vers le fumoir, Allan risquait de tomber. On me bouscula. Il y avait des mains au ciel partout, la vaisselle glissait emportée par les nappes, c'était fracas sur fracas, bris de verre, hurlements tout droit sortis du *Titanic*, et quand je fis irruption dans le salon, je vis Allan s'accrochant à une colonne et, coincé contre le bar, le fauteuil de Kay Spencer qui avait dévalé la pente. La malheureuse femme, en proie à des spasmes, était recroquevillée bouche ouverte sur son petit chien qu'elle aspergeait bien malgré elle d'un très douteux velouté de flamant rose. Pauvre Albert. Edwin de Vries avait pris la fuite.

J'appelai un serveur à la rescousse de l'Américaine et raccompagnai Allan à sa cabine en me frayant un passage entre les meubles renversés. Le vieil homme suffoquait, le teint vert ; je l'allongeai et l'attachai pendant qu'il ne cessait de répéter : « Je vous l'avais dit, je vous l'avais dit, nous allons finir comme le *Hindenburg* ! » Mais l'orage peu à peu s'éloigna, le zeppelin retrouva sa stabilité et un immense soupir de soulagement, collectif, traversa l'Univers.

Ce n'est que le lendemain matin qu'on apprit la mort d'Edwin de Vries.

XLI

Une nuit sous-marine avait éteint les feux des palais de Portfou. Rose avançait sur le bas-côté de la route, seule, d'un pas tantôt décidé, tantôt hésitant. Vertiges. Si elle tombait, ce serait dans le fossé côté montagne. Elle résistait. Elle serait plus forte que la fatigue. Une force supérieure l'animait, pas à pas, la guidait le long des lacets qui menaient au cap de la Lanterne. À deux reprises, les phares d'une voiture avaient incendié sa silhouette blanche. Elle avait alors ramassé sa chemise de nuit contre son corps tremblant et serré son petit sac en nubuck dans lequel elle avait fourré le revolver de la commode. Elle n'avait rien dit au compositeur, sinon qu'elle rendait visite à sa sœur, là-bas, dans la villa moderne. Allan Green était resté immobile sur le balcon supérieur de La Corniche à regarder la propriété illuminée de l'autre côté de la baie. « Voulez-vous que je vous accompagne ? – Non, non. J'irai seule. Je dois voir Liz seule. Reposez-vous, plutôt. » Rose avait préparé la chambre avec soin. Sa propre chambre. Le lit sous le portrait du Dr Pozzi. La robe de chambre dépliée sur les draps de percale – il peut faire frais, le matin, avait-elle dit, elle vous ira très bien. Inquiet de la voir partir seule à cette heure de la nuit, Allan avait obéi à regret, assurant que jusqu'à son retour, il serait le gardien de La Corniche tel un capitaine. Tout de même, il était près de deux heures du matin. Êtes-vous certaine d'y aller ? N'avez-vous pas un peu trop bu ? Vous devriez dormir un peu.

Entre le ciel et la mer, il n'y avait plus de frontière. L'horizon n'était qu'un manteau de velours sombre. Rose apercevait les baies vitrées de Fanal Terrace. Les lumières étaient presque toutes éteintes, à présent – seule une veilleuse diffusait de doux reflets bleutés. Au fur et à mesure que Rose gravissait la pente de bitume, la trahison de sa sœur se faisait plus claire dans son esprit. C'était écrit sur la chaussée, devant elle, gravé sur l'asphalte encore tiède de la journée. L'humiliation, publique de surcroît, prenait enfin ses couleurs dégradantes, en pleine nuit. Un petit vent s'était levé. Rose ruminait. Autour d'elle, la végétation accrochée à flanc de montagne lui murmurait les froissements de sa blessure nouvelle. Rose exigerait de Liz toute la vérité sur Axel et cette histoire de rachat de La Corniche. Elle s'extirperait de sa toile, de son piège qu'elle tissait depuis des années et qui avait rampé de New York à Portfou.

Parvenue à mi-chemin, Rose quitta la route et s'enfonça dans un fouillis d'herbes hautes, de cactus et d'araucarias. Là-haut, le portail de la propriété était fermé jour et nuit, elle ne pourrait pas entrer. Il fallait d'abord descendre par les rochers jusqu'à la plage, praticable à cet endroit, puis remonter par l'escalier de bois. Rose s'agrippait aux pierres, aux troncs fragiles des arbustes. Sa chemise de nuit s'accrochait aux branches. Rose l'arrachait, gémissait. Ne pas tomber. Sans quoi elle irait se fracasser la tête vingt mètres plus bas. Qu'avait-elle donc fait à Liz pour être ainsi méprisée, trompée, haïe ? Liz la préférée. Question sans réponse depuis plus de trente ans. On n'avait pas donné le choix à Rose. Seulement la coupe était pleine. Éboulement de cailloux. Rose dérapa, poussa un cri, se rattrapa à une touffe de laurier-rose. Elle ajustait régulièrement son sac contre son ventre, elle sentait la forme du revolver. Bientôt elle mit le pied sur le sable. Elle apercevait le faisceau du phare balayer le ciel. Ayant remonté les pans de sa chemise déchirée, lacérée, elle contourna un bloc de rochers pour rejoindre la calanque. Une mariée en lambeaux. Elle s'immobilisa. La barque. Traînée sur le sable au plus près de la falaise, la barque était là. C'était celle qu'avec Axel ils avaient louée. Même carène bleu azur. Même numéro inscrit sur l'étrave. Le cœur de Rose se mit à battre plus fort. Elle avait chaud. Il fallait monter les marches de l'escalier.

Ce fut interminable. Rose soufflait, toussait, pourvu qu'on ne l'entendît pas. Y parviendrait-elle ? L'escalier tournait plusieurs fois pour épouser les abrupts de la falaise, spirale irrégulière, cruelle – sans pitié. Le visage d'Allan Green s'imprimait sur la mer. Au fond, qu'avait-il pensé de Rose ?... L'avait-il prise pour une folle ? une dépravée au terme de son parcours ? Pourtant, il avait eu ces gestes de tendresse immédiate, ses cheveux qu'il avait embrassés... Comme tout était confus. Tout se superposait, s'emmêlait, obstruait son esprit gorgé de brouillard. L'alcool lui brûlait encore les yeux.

Le jardin accueillit sa silhouette hagarde. C'était si bien entretenu qu'il n'y avait pas d'âme. Les buissons taillés en boules, les allées filant droit, bordures au scalpel, les lanternes *vintage* plus étincelantes que de l'argenterie. C'était luxueux et dégoûtant. Rose se précipita derrière le tronc énorme d'un vieux pin parasol aussi grand qu'un séquoia. Elle devrait éviter le gravier, lui préférer la pelouse qui était une véritable moquette soyeuse. Elle redoutait les alarmes, les projecteurs prêts à se déclencher au moindre mouvement pour l'inonder subitement d'une lumière de mirador. Pourtant Fanal Terrace était plongée dans le plus grand silence. Rose avança. Au loin, elle remarqua le Land Rover, sa bâche défaite ; elle pensa au hamac, à la colère de Liz.

Malgré l'obscurité, elle devina, du côté de la terrasse, une fenêtre coulissante à demi ouverte. Un rideau de lin faseyait dans la brise comme une voile. C'était par là qu'elle surprendrait Liz. Elle avait décidé de ne pas sonner à la porte. Il était trop tard pour être la sœur bien sage et bien élevée. Ne pas s'annoncer. Œil pour œil.

Pas un bruit. Rose poussa délicatement la fenêtre, entra dans la maison. Maison qu'elle ne connaissait pas. Jamais Liz ne l'y avait invitée, évidemment. Le salon ressemblait au jardin. Tout était froid et aseptisé, on songeait à un hôpital. Table de verre, consoles en fer forgé, canapés blancs, aucun livre. Ce n'était pas la vie ; c'était un magazine. Elle s'arrêta. À cet instant, tout était encore possible : faire demi-tour, revenir une autre fois, reposée, conseillée, peut-être par Haxton toujours aussi fin dans ses analyses, mais elle était dans la place, les aiguilles de son malheur avaient fait déjà plusieurs fois le tour du cadran, impossible de reculer. Elle lissa les pans de sa chemise de nuit, telle une cantatrice avant d'entrer en scène, caressa le bandeau autour de ses cheveux, se redressa. Puis elle appela.

« Liz ? »

Sa voix était étranglée. Sans attendre, elle appela de nouveau.

« Liz ? »

Pas de réponse. Pas de bruit. Dans la pénombre bleutée du salon, Rose se dit que sans doute il n'y avait personne. Elle était venue pour rien. Vaine tentative, déjà morte, à l'image de cette atmosphère de morgue. Elle soupira. Elle s'était trompée, trompée, trompée. Toute sa vie, elle s'était trompée. Un sanglot la submergea. Puis elle entendit un frôlement léger, derrière elle. Elle se retourna.

Il était là, silencieux comme une bête à l'affût. Elle ne l'avait pas entendu arriver. Entièrement nu, il la regardait dans une pose de statue. Tout son corps luisait. Ses mains le long des cuisses, il se tenait droit, offert à la nuit, à son sort, condamné fraternel. Ni l'un ni l'autre ne bougèrent. Ils auraient pu se jauger longtemps ; mais Rose ne voulut pas capituler. Elle savait très bien que plus elle attendrait, plus il chercherait à l'attendrir. Il restait silencieux pour ça, la reconquérir, la duper à nouveau, se repaître de ses faiblesses de femme seule, touché dans son orgueil d'avoir été surpris, lui la petite frappe, lui le petit prostitué qu'elle avait aimé pour un maigre salaire.

« Où est Liz ? demanda Rose d'un ton glacial. Je veux voir Liz. »

Il fit un pas. Elle cria :

« Reste là où tu es, espèce de salaud ! »

Elle ouvrit son sac, y plongea la main.

« Que fais-tu, Rose ?

– Ne m'appelle plus Rose ! Va chercher Liz. »

Elle tenait le revolver bien serré contre sa poitrine.

« Rose, tu es folle !

– Tais-toi. »

Elle haletait.

« Où est Liz ?

– Dans le jardin, à la piscine, derrière. Elle dort. Que fais-tu, voyons ? Que veux-tu ?

Il mima un rire conciliant et ajouta :

« Tu ne vas pas faire une bêtise, n'est-ce pas ?

– N'avance plus.

– Je sais que tu m'en veux, mais ça n'est pas une raison pour…

– Encore un pas et je tire.

– Ne t'ai-je pas offert toute ma tendresse ? N'ai-je pas assouvi tous tes désirs ? Si tu veux, on pourra encore… »

Rose hurla :

« N'approche plus ! »

Axel ouvrit les mains qu'il tendit à Rose. Ses yeux s'étaient emplis de larmes.

« Viens dans mes bras, dit-il encore. Viens ! »

Il fit un pas. Rose tira. Deux fois, sans hésiter. Coups de feu assourdissants qui se répercutèrent sèchement entre les murs de Fanal Terrace. Axel s'écroula aussitôt, les yeux suspendus dans le vide, figés dans l'élan de l'immense mensonge qu'il avait inventé. Pauvre petit trapéziste assassiné. Étendu sur le dos, secoué de spasmes. De son torse et de son cou ruisselait du sang, abondamment ; de son cou, surtout, que Rose avait tenu dans ses mains, cherchant sa vérité en rasant le visage de l'imposture. Interdite, elle regarda la vie s'en aller et découvrit la robe de chambre écarlate peu à peu se former autour du corps abandonné. Puis elle laissa tomber le revolver sur le carrelage.

Alertée par les détonations, Liz fit irruption dans son maillot de bain crème, dérisoire, incongru, hurlant, criant après sa sœur puis la prenant dans ses bras, qu'as-tu fait, ma chérie, ma chérie ! oh, qu'as-tu fait ? – mais Rose n'entendait rien, n'éprouvait plus rien, petite fille dépassée par son crime, hors de sa raison, ne voyait plus rien sinon la masse sombre d'Axel Slope gisant à ses pieds puis, plus tard, dans le grand abrutissement de sa folie, la silhouette d'Allan Green pris de remords venu au cap de la Lanterne assister à sa perte.

ÉCUYERS DE LA NUIT

XLII

Le phare de Fanal Terrace lacérait le ciel de ses éclairs muets. À son pied, serrées face au vent dans leur cauchemar, trois silhouettes scrutaient le large. Trois santons figés dans l'effroi d'un drame tout frais encore. Liz indiquait une direction, quelque part vers l'est. C'était là-bas, dans la passe de Kritios, qu'il faudrait se débarrasser du corps. Lesté, pris dans les rochers, il ne remonterait pas. Et personne n'aurait l'idée – ni l'envie – d'y aller. Lieu damné. Ce qu'Allan Green ignorait, c'est que le rocher de Kritios était le dernier vestige d'une base navale du XIIe siècle, puissant arsenal devenu maudit depuis son effondrement un siècle plus tard. De nombreux chercheurs, fascinés, avaient écrit des thèses pour prouver que Kritios avait été construite sur les ruines de l'Atlantide, et qu'un séisme avait tout englouti, port nouveau, ville ancienne, ne laissant visible que la lugubre proue de civilisations à jamais disparues.

« Et vous voulez m'envoyer là-bas ?

– Mr. Green, je n'ai jamais cru à ces histoires. Et c'est la seule façon pour Rose de s'en tirer. »

Rose s'était mise à pleurer. Liz avait pris les mains d'Allan, l'implorant de l'écouter.

« Dans ce pays, si vous êtes reconnu coupable d'un meurtre, c'est la peine de mort. Alors vous savez, moi, les légendes… Tout ce qui m'importe, c'est ma sœur. »

Rose s'étranglait dans ses hoquets. Liz la prit dans ses bras.

« Ma chérie, ma chérie, tu vas t'en sortir, je te le promets. Vous allez prendre la barque, et une fois que ce sera fait, vous retournerez au ponton de la plage des Juges-Consuls. Vous savez ramer, Mr. Green ? J'ai des paires de rames au pool house. Moi je reste ici. Je vais tout laver. Demain, on fait tous comme d'habitude.

– Liz, Liz ! Je ne pourrai pas.

– Si, tu pourras. Je te protégerai.

– Pourquoi es-tu brusquement gentille avec moi ?

– Je ne suis pas celle que tu crois.

– Pourquoi as-tu couché avec Axel ? fit Rose en secouant sa sœur. C'était un prostitué. Le savais-tu ?

– Oui, je savais.

– Alors pourquoi ?

– Parce qu'il y a quelque chose qui me dirige, m'emprisonne à petit feu, que toi tu ne connais pas, et qui s'appelle la passion du corps. Ce mec, je m'en fous. »

Liz se redressa. Allan était stupéfait par tant de sang-froid. Ils se rendirent dans la cabane du pool house. Liz tendit à Rose un châle, un foulard, change-toi et donne-moi cette robe toute tachée. C'est qu'ils avaient enveloppé la dépouille d'Axel Slope dans un drap de lin. Allan avait déniché une boussole pour se repérer dans la nuit ; Liz avait donné la position de la passe de Kritios en examinant une carte marine roulée sur une étagère, lâchant ses instructions.

« Toutes les deux minutes, le rayon du phare passe au-dessus du rocher. Lorsque vous serez au loin, vous ne pourrez pas le manquer. À cette heure, les gardes-côtes ne vadrouillent pas par là. Attendez l'aube pour revenir.

– Je ne tiendrai pas », répétait Rose qui tremblait.

Allan lui frottait le dos, cherchant les mots pour la rassurer. Il ne comprenait pas que Liz fût aussi insensible au meurtre de son amant. Ça lui échappait. Lui-même était bouleversé en repensant à la chaleur de ce corps tenu contre lui. Mais ça n'avait plus d'importance, seule Rose comptait désormais.

« Il y a deux jours, réussit à dire Rose, j'ai déjà prévenu la gendarmerie de la disparition d'Axel…

– Alors personne ne s'inquiétera de rien, affirma Liz en tirant deux rames coincées derrière des transats. Dans quelques jours, tu passeras la frontière.

De l'autre côté, la peine de mort n'existe plus. D'ici-là, il faudra te montrer sous ton jour habituel. Faire tout comme d'habitude. N'éveiller aucun soupçon. Tu me comprends, Rose ?

– Oui, oui. »

Mais Rose ne comprenait pas, bien sûr. Dans la pénombre bleutée du pool house, elle était livide, perdue, l'odeur de chlore lui renvoyait l'image d'un asile où tout serait blanc, blanc, éternellement blanc.

« Il faut y aller, maintenant », dit Allan d'un ton résolu.

Liz acquiesça, sortit la première ; tous trois rejoignirent le seuil de la villa funèbre dans un silence clos.

*

Le corps avait coulé au fond de la passe de Kritios. Lumière des entrailles. Nuit sous-marine complice d'un crime. Le bleu sombre de l'aube et le poids du cadavre. Vagabond englouti dans un mythe à portée de roches. Qui plongerait ? Qui chercherait ? Qui oserait opérer la descente comme Rose l'avait fait, en elle, au fond de son Atlantide à elle ? La Corniche aussi serait submergée, un jour lointain. Comme ses rêves à elle, petits rochers de ses ambitions auxquels elle s'était accrochée – par instinct, par désir d'exister, de se recomposer.

Assis l'un en face de l'autre à la table 20, ni Allan Green ni Rose n'avaient envie de parler. Faire comme si de rien n'était. Rien ne s'était passé. Le soleil embrasait la station, les derniers touristes longeaient la promenade des Italiens. Le brouhaha habituel de La Langouste enveloppait les clients, plaisanteries des serveurs, bonjour monsieur, comment allez-vous aujourd'hui ? bruits d'assiettes et de couverts. Habituel, habituel, habituel. Un rictus de *tout-va-bien* aux lèvres, il fallait déjeuner. Rose n'avait pas faim. Ce matin, elle avait téléphoné à Liz. Sonnerie dans le vide. Que faisait-elle à cet instant ? Allan se forçait à parler, propos décousus ; Rose n'écoutait plus. Les images de la nuit l'envahissaient. La Langouste était devenue un lieu insupportable.

Derrière le bar, à la caisse, Caroline venait d'allumer la télévision. C'était rare, le poste était d'ordinaire éteint. On ne l'ouvrait que pour les grands événements. Caroline avait froncé les sourcils. Et aussitôt plusieurs serveurs (infraction au service) s'étaient massés devant l'écran. On entendait la voix d'un journaliste – Rose ne comprenait pas bien. Caroline faisait chut de la main. Les voix se turent peu à peu. Un petit groupe s'était formé devant le comptoir. Même des clients, qui venaient d'être prévenus.

Vissés d'effroi sur leur chaise, Rose et Allan ne quittaient pas des yeux les images. On y voyait en gros plan la villa de Liz. Des gendarmes, des estafettes de la police, une unité médicale. Un journaliste, micro en main, commentait en direct.

« C'est à dix heures, ce matin, que la femme de ménage de la journaliste de mode Elizabeth St Just a fait la macabre découverte. Comme d'habitude, ayant les clés, elle est entrée par le portail principal que l'on aperçoit derrière moi. Elle s'est aussitôt dirigée vers la cuisine et, contrairement à ce qu'elle s'attendait trouver, il n'y avait aucune trace du petit déjeuner de Mrs. St Just. C'est alors qu'elle a appelé sa patronne sans obtenir de réponse. Son témoignage, que nous avons enregistré il y a quelques minutes, sera diffusé au journal de 13 heures. Intriguée par ce silence, elle s'est rendue dans le salon. Et c'est là que l'attendait la plus horrible des scènes de meurtre. Elizabeth St Just gisait à terre dans son sang, enroulée – mais plutôt ligotée – dans un hamac, visiblement décédée depuis plusieurs heures. S'approchant du corps, la femme de ménage s'est évanouie après avoir découvert que Mrs. St Just avait été enroulée avec des langoustes encore vivantes qui dévoraient son corps. »

Rose s'était levée en vacillant, bégayant.

« Mais c'est imposs… »

Allan lui avait aussitôt pris le bras et l'avait forcée à se rasseoir.

« Taisez-vous ! avait-il ordonné entre ses dents. Ne dites rien.

– Oh, mon Dieu ! Oh, mon Dieu ! »

Tous les clients, les serveurs, le monde entier s'étaient retournés sur elle et la regardaient, certains apitoyés, d'autres soupçonneux, d'autres encore satisfaits d'une certitude qu'ils trimballaient depuis longtemps. Le restaurant s'était mué en tribunal silencieux et cruel, visages du jugement, langoustes carnivores dévorant l'autre sœur. Rose se mit à trembler. C'était impossible. Elle avait tué Axel Slope, mais pas Liz, elle le savait bien. Et pourtant… Soudain elle fut saisie d'un doute. Se souvenait-elle de tout ? N'était-elle pas retournée sur les lieux, plus tard, trompant la protection d'Allan, voulant aider sa sœur, mais l'affaire aurait mal tourné – Liz furieuse de l'irruption de Rose à nouveau saoule ? Une dispute ? Sa mémoire flanchait. Dissolution du réel dans les sables de sa folie. Cauchemar dans le cauchemar.

Allan Green lui avait pris la main, venez, rentrons, ne vous donnez pas en spectacle. Lui aussi tremblait un peu, saisi par l'invraisemblable. Ils se levèrent avec lenteur. Rose vacillait. Elle savait bien que les gendarmes viendraient l'interroger. Peut-être étaient-ils déjà à La Corniche.

« Je vais vous aider, murmura Allan. Je vais vous sortir de là. »

Chiffonnant sa serviette blanche, elle crut bon de s'excuser en saluant de droite et de gauche, telle une comédienne quittant la scène après une prestation ratée. Elle n'eut pour toute réponse que des sourires faussement compassionnels. Au moment où elle passait le seuil, elle aperçut Zarian sous les bougainvilliers qui lui faisait un signe.

*

Le soleil brûlant. La plage en contrebas de La Langouste. L'enseigne du restaurant La Dorade. Zarian bouillonnant d'impatience, dépêchez-vous, ne vous retournez pas. Tous les trois filaient vers le sentier des douaniers. Ils passèrent devant la statue d'Artemine. Rose écrasée d'images. Axel. Le bal musette. L'orphéon municipal. Allan la tenait serrée contre lui, multipliant les paroles rassurantes.

« Dépêchez-vous ! insistait Zarian.

– Je veux aller chez moi, disait Rose.

– Non. C'est fini, tranchait Zarian. Vous ne pouvez plus retourner à La Corniche. Les gendarmes ont retrouvé votre chemise de nuit chez votre sœur et des lambeaux sur le chemin. S'ils vous interrogent, vous êtes fichue.

– Comment savez-vous ?

– Je sais, Rosy-Rose. Je sais tout. »

Le parfum des lauriers-roses était devenu écœurant. Rose avait ralenti. Ses petits pieds fouissaient le sable comme pour s'y ancrer.

– Je n'ai plus de forces, gémissait-elle.

– Redressez-vous ! ordonna Zarian. Montrez-vous digne devant cet homme qui vous attend.

– Qui ? »

Dans l'ombre des tamaris, assis canne en main sur un banc, Haxton visage fermé les regardait s'avancer. Rose se précipita dans ses bras.

« Tant pis pour notre gala, murmura-t-il. Tant pis. J'annulerai tout. Nous aurons eu une belle idée, Rose. Notre rêve s'en va. L'été indien s'achève. »

Il serra la main d'Allan Green.

« Vous me voyez désolé, monsieur, pour votre concerto.

– Ne vous tourmentez pas, monsieur, je sais dès à présent qu'un jour, demain ou dans longtemps, il me sera donné avec beaucoup d'amour de pouvoir le rejouer.

– Prenez soin de Rose. »

Rose ne voulait pas quitter les bras d'Haxton.

« Allons, allons, fit le vieil homme. Vous n'êtes plus une petite fille. Vous savez, je suis heureux, après tout. Chaque soir, je penserai à vous. »

Du menton, il désigna le bâtiment de La Corniche qui se dressait au loin dans le ciel.

« La lumière de votre vigie... Allumée pour toujours... »

Zarian trépignait.

« Venez, bon Dieu ! Si les gendarmes nous voient, l'histoire s'arrête là. »

Sous ses pieds, le sable était déjà celui d'une piste de cirque. Rose céda. Allan la portait presque.

« Où allons-nous ? demanda Rose.

– Là-haut. Sur le plateau Kraml.

– C'est loin, Zarian, c'est loin.

– C’est votre seul salut.

– Zarian !

– Aujourd’hui je vous cache. Cette nuit nous fuirons.

– Comment ?

– Dans ma roulotte. Le cirque s’en va ce soir. Nous passerons la frontière.

– La police va venir !

– Ils ne vous trouveront pas. Personne ne peut défier la ruse d’un magicien. »

Haxton approuva. Il pleurait au-dessus de son sourire éclatant.

Puis ce fut le silence. L’ascension.

La fuite réponse à tout.

XLIII

Son tour… Toute sa vie, Rose l'avait attendu – un tour d'un autre ordre, bien sûr. Dans quelques minutes, ce serait le sien. Depuis la tente proche du chapiteau où elle avait pris place, elle entendait le cri des enfants, les applaudissements, les coups de cymbales et la brève musique de la fanfare qui ponctuait les numéros. À ses côtés, des équilibristes s'échauffaient. Mme Tetrallini rôdait, inspectant les troupes. Plus loin, on peaufinait les maquillages. Le sien avait été particulièrement soigné, comme son costume : haut-de-forme, perruque bouclée, mascara, faux-cils, longue robe à volants. Elle était méconnaissable – n'était-ce pas le projet de Zarian ? Dehors, la température avait chuté. On annonçait de la pluie. Pourtant le ciel était dégagé. Lune fidèle. Le chapiteau illuminé répandait sa magie dans le ciel étoilé. Le plateau Kraml était désert mais dans l'enceinte du cirque, la foule s'était donné rendez-vous pour le dernier soir. Le vide à l'extérieur ; le plein à l'intérieur.

Rose entendit le souffle d'un cheval, derrière elle. Elle se retourna. C'était Vénus l'Écuyère Extraordinary tenant par la longe sa monture, qui s'approchait d'elle, Zarian à ses côtés. Elle lui lança un sourire.

« Ne t'en fais pas, dit-elle. Tu verras, c'est pas compliqué. Tu t'allonges sur le drap rouge, les jambes bien serrées. Zarian fait son annonce, il te recouvre entièrement du drap blanc, et quand les lumières diminuent et que le cheval passe au-dessus de toi, la trappe s'ouvrira dans le sable et tu disparais. Pigé, ma grande ?

– Vous ne prenez aucun risque, poursuivit Zarian. Une fois que vous serez sur le matelas, vous suivrez le petit couloir qui passe sous la piste et vous ressortirez là, derrière l'orchestre.

– Mais je vais attirer toute l'attention sur moi !

– C'est justement parce que les projecteurs seront sur vous que personne ne vous verra. Attention, voilà les flics.

– Oh, mon Dieu.

– Avancez-vous avec moi vers la piste, Rosy-Rose. Prenez-moi la main. »

Avec Vénus, ils avancèrent tous les trois, suivis du cheval, sous le dais rouge de la fanfare. Rose n'osait se retourner de peur de croiser le regard des policiers qui fouillaient les wagons un par un.

Tout l'après-midi, Rose l'avait passé avec Allan dans la roulotte de Zarian qui leur avait exposé son plan. Après la représentation, tout serait fini. Le convoi s'ébranlerait, quittant le pays. Il fallait tenir encore un peu. Rose avait essayé d'assembler les pièces des dernières heures, mais cela cognait dans sa tête, un mouvement de balancier qui allait et venait entre le réel et l'inconcevable. Jamais, sans doute, elle n'apprendrait ce qui s'était passé, les projets que Liz avait nourris autour de La Corniche, tout cela lui serait ôté par sa fuite, le rapt de la vérité. Savoir tous les efforts qu'elle avait fournis pour sauver son hôtel engloutis la déchirait encore davantage. Tous ses souvenirs, tous ses biens, son manuscrit envolés. Mais l'heure n'était plus au ressassement. Elle se redressa dans son costume d'écuyère. Coup de cymbales.

« Et maintenant, mesdames, messieurs, voici le plus petit des grands magiciens : Zarian l'Enchanteur, accompagné de la splendide Vénus l'Écuyère Extraordinary, et de sa sœur Olga. »

Roulement de grosse caisse. On poussa Rose dans le dos. La fameuse Olga, la vraie, qui avait bénéficié d'un soir de relâche inattendu, observait depuis les coulisses son double avancer vers la piste. Sourire crispé, Rose se positionna au centre, au-dessus de la croix tracée sur le sol. Applaudissements. Tour de piste de Vénus et de son étalon. Sautillements de Zarian, cabotin, qui en faisait des tonnes. Malgré la violence des projecteurs qui l'avaient clouée au milieu d'une lumière blanche, Rose apercevait les spectateurs, mines réjouies, tassés banc contre banc, un peu d'argent pour du plaisir. Vénus agitait sa chambrière, Zarian lui courait après, la grâce du cheval compensait le grotesque. Parmi les visages, Rose crut reconnaître la Papadakis. Elle pensa au hamac, au coup de feu qui avait rayé Axel de sa triste liste, s'écroulant sans un cri. Puis elle aperçut les policiers, là-haut, qui faisaient le tour du plus haut rang. Ils inspectaient chacun des spectateurs, lampe torche au poing. Rose ne sentait plus ses jambes. L'orchestre jouait une odieuse ritournelle. Il faisait chaud sous le costume rouge à volants. L'image de la robe de chambre écarlate lui traversa l'esprit. Où est parti mon beau Dr Pozzi ? Pauvre homme. Seul. Abandonné. Accroché pour toujours dans la chambre de La Corniche du Rayon Vert.

Les policiers inspectaient les rangs et inquiétaient maintenant les enfants. C'était fou, le temps que Vénus prenait pour faire son numéro. Le cheval enchaînait figure sur figure. Ne pouvait-elle pas se dépêcher un peu ?

Rose avait interdiction de se retourner, mais elle sentait sur elle le regard protecteur d'Allan Green. Dans quelle histoire l'avait-elle embarqué ! L'orchestre se tut. Zarian dit quelques mots – que Rose entendit à peine. Coup de cymbales et l'orchestre reprit sa grossière rengaine. La lumière baissa un peu. Rose ne voyait que les gendarmes à l'affût. Dans quelques minutes, peut-être, tout serait terminé. La toile du chapiteau s'était comme agrandie, tramée de ses rayures d'énorme araignée ; ça enveloppait Rose, la happait dans son effroi d'écuyère improvisée. Soudain elle aperçut Mr. Mackenzie, au bord d'une rangée, plus gros et plus rouge que jamais, reluquant Vénus en attendant son heure pour comprendre à quel point elle était *extraordinary*. Tout tournait. Rose au bord de l'évanouissement. Non ! C'était son tour. La musique cessa. Zarian s'était approché de Rose et lui ordonnait de s'allonger devant la foule intriguée. C'était maintenant. Rose s'exécuta comme dans un rêve. Elle sentit les petites bosses de sable sous ses omoplates. La caisse claire faisait entendre un roulement ininterrompu, très faible dans le grand vide du chapiteau. Lune, lune, aide-moi. Zarian lança le drap blanc qui se déroula à la vitesse d'une voile déferlée, retomba tel un songe sur le corps de Rose épouvantée. Le sable sous elle sembla fourmiller. Ce sable qui avait été porteur du désir et qui aujourd'hui l'aspirait comme il avait aspiré le temps, *l'autrefois* de La Corniche et tous les grands hôtels du monde empilés dans son ventre. Ça bougeait sous elle. Rose entendit le claquement du fouet puis un déclic, et pendant qu'elle apercevait l'ombre vaste du cheval passer dans son ciel immaculé, le sol se déroba et elle fut entraînée vers le revers de la piste, en dessous. Chute minuscule. Mais chute quand même. Chute. Le matelas la cueillit. Puis elle n'entendit plus rien, sinon l'énorme bourdonnement de son soulagement et les applaudissements qui saluaient

Zarian au son de l'orchestre célébrant la disparition d'Olga.

Puis tout ne fut plus que nuit, silhouettes de clowns démaquillés et autres trapézistes, crépitement de la pluie sur le toit des roulottes dans le grand cahotement de sa fuite.

XLIV

Comme la lune est rouge, ce soir.

Il est accoudé à la balustrade de la terrasse. Même vue, même chambre que soixante ans plus tôt, la nuit du crime. Les peintures sont neuves, le mobilier a un peu changé, bien sûr, mais très peu. Derrière lui, le portrait du Dr Pozzi s'élève, majestueux, au-dessus de la tête de lit. Il a enfilé la robe de chambre écarlate. Amelia est dans la pièce voisine ; elle doit écrire son carnet. Lui, il regarde la mer, le rocher de Kritios, et pense à son secret. Il est allé nager, tout à l'heure, dans la piscine illuminée qui a remplacé le court de tennis sur le toit. Il respire à pleins poumons le parfum de Portfou, relit sa lettre une dernière fois.

Chère Amelia,

Vous aurez ces quelques mots demain matin, je les glisserai ce soir sous la porte qui nous sépare. Des mots pour vous remercier. De tout. À l'heure où je n'espérais plus rien, vous êtes venue me chercher. Vous m'avez kidnappé. Vous m'avez fait rire. Vous m'avez fait peur. Vous m'avez fait pleurer. Vous m'avez fait revivre.

Notre arrivée au-dessus de Portfou, la douce descente du dirigeable sur le plateau Kraml m'ont comblé. Vous m'avez fait atterrir sur mes souvenirs. Vous avez vu ma joie. Bien sûr, votre frère a dû s'occuper de la dépouille de cet escroc d'Edwin de Vries et ça n'a pas été très drôle, une crise cardiaque n'amuse jamais grand monde. Nous avons eu la chance d'avoir notre beau médecin de bord avec nous ; son diagnostic a été formel – vous en avez été si soulagée. Moi aussi, à vrai dire. Je crois qu'il vous aime beaucoup. Votre histoire à Portfou n'est donc pas terminée…

Si j'avais eu encore un peu d'énergie, je vous aurais raconté dans le détail notre fuite avec Rose, les roulottes fantomatiques passant la frontière, la gentillesse de Mme Tetrallini. Figurez-vous qu'un soir, n'ayant plus d'électricité, elle a ouvert une vieille malle en bois, pleine de petits briquets gravés aux initiales du cirque. Feu son mari en avait été le fabricant ; elle les distribuait à qui voulait. Rose a eu le sien – que son fils Edwin, bien plus tard, lui a fauché. Moi je vous offre le mien. Vous le trouverez sur ma table de nuit.

Rose s'est cachée en Europe, elle a refait sa vie, je ne l'ai plus revue. Moi aussi j'ai refait ma vie. Nous apprîmes quelques jours après avoir quitté la troupe, par les journaux, que Mr. Mackenzie avait été arrêté pour le meurtre de Liz St Just. Une histoire de jalousie, Mackenzie ayant appris la relation de Liz avec Axel Slope. Histoire sordide. Plus jamais il ne fut question du petit prostitué. Notre secret avec Rose était intact. Et Kritios a gardé le silence. Vous pourrez ajouter tout cela à votre carnet. Détruisez ma lettre, cependant, je vous prie.

À présent, je vais me préparer un thé en prenant congé de vous. Vous m'avez rendu heureux ; je vous rends à votre liberté. Je n'aurai pas la force de faire le voyage retour.

Avec toute mon affection,

Allan Grünstein

Il replie la lettre. C'est un peu bref – mais il déteste les effusions. Il ferme la fenêtre de la terrasse et glisse l'enveloppe sous la porte commune, s'allonge sur le lit, verse l'eau bouillante de la théière sur le sachet qu'il a confectionné dans le zeppelin sous les yeux d'un public conquis. Il a bien recompté les pétales. Dix. Un parfum capiteux s'élève de la tasse. Puis il souffle dessus, se tourne vers le téléphone, décroche le combiné. Comme la lune est rouge, ce soir. Il compose le numéro. Ce numéro qu'il compose chaque jour depuis tant d'années. Sonnerie. Une fois. Deux fois. Trois fois. « *Allô* ? – Oui, c'est moi, c'est Allan. Madame est-elle réveillée ? – *Je vous la passe.* »

Il y a un petit temps. Puis la voix lointaine.

« Oui ?

– Tu n'imagineras jamais où je suis… Tu as dû me trouver bien silencieux ces derniers temps. Ce soir, je suis doublement avec toi. Me voici dans ton lit, à La Corniche, dans ta chambre. Ça n'a pas tellement changé. Tu es là ? Tu m'entends ?

– Oui, oui. »

La voix est faible, si faible.

« Je n'ai jamais été aussi heureux, reprend Allan Green. Je voulais te le dire. Et te souhaiter bonne nuit.

– Bonne nuit, Allan. »

De nouveau le silence, et puis les pas de la dame de compagnie qui se rapprochent, le combiné que l'on reprend, *Madame ferme les yeux, bonsoir Mr. Green.* Et pendant que d'une main le vieil homme boit son thé, il entend un déclic au loin qui résonne au même instant, quelque part en Europe, dans les vastes pièces endormies du pavillon aux volets jaunes.

FIN

Trouville, 2 novembre 2019

Dr. Pozzi at home (1881)
John SINGER SARGENT

POSTFACE

Le jour baisse sur la plage de Trouville. Je corrige les dernières pages de ce roman et voilà que, levant les yeux, je pense à M. Christian. Son visage se superpose à la mer qui se retire.

Je ne le connaissais pas et pourtant il me manque terriblement. Au déjeuner, au dîner, chaque jour, les habitués de l'hôtel-restaurant Le Central pouvaient le voir à sa table, près de l'aquarium, seul le plus souvent, parfois en compagnie de dames toujours très élégantes beaucoup plus jeunes que lui – dans les soixante ans ; il en avait quatre-vingt-quinze.

Il habitait au Central, à l'étage. Il s'y était fixé depuis longtemps, après avoir quitté sa Belgique natale – où il se rendait encore de temps à autre avec son automobile que, disait-on, il conduisait pied au plancher. Le Central était sa source de joie quotidienne. Il voulait y mourir.

Comment ne pas remarquer ce vieil homme ? L'éclat de son dentier hollywoodien, ses cheveux blancs, sa canne qu'il escamotait avec adresse et ses lunettes fumées, sa ponctualité, sa demi-bouteille de vin rouge et son attitude toujours si prévenante à l'égard du personnel qu'il connaissait bien.

Très vite, je le pris comme modèle pour Haxton. C'est que j'avais, moi aussi, mes habitudes au Central. Une table à laquelle je m'installais dès que je le pouvais, toujours la même. Là, concentré au milieu du brouhaha, je pensais au manuscrit en cours et prenais des notes au revers de la nappe en papier.

Un grand vaisselier me séparait de la salle principale, si bien que lorsque j'étais assis, je ne pouvais pas voir M. Christian. Lui non plus ne pouvait pas me voir. C'est donc lorsque sa silhouette se profilait devant le comptoir, une fois le repas achevé (il dînait tôt), que je l'observais.

Il s'arrêtait devant la caisse, saluait Sandrine penchée sur ses comptes, sortait dans la rue qui donne sur le marché aux poissons pour s'éloigner dans sa vie quand, en silence, je lui en inventais une autre.

Je ne voulais pas savoir qui était ce monsieur. Pour moi, il n'était pas M. Christian. Il était Haxton. Et Haxton, je l'avais en tête toute la journée : je lui prêtais des attitudes, des mots, des réactions…

Lorsque je l'apercevais au Central, je me disais : « Ah, Haxton est là. » Cela avait quelque chose de rassurant. J'avais écrit sur lui le matin ; je le retrouvais le soir. C'était comme un rendez-vous secret avec lui, alors que nous n'avions jamais été présentés. Nous n'avions pas échangé une seule parole.

Un soir, j'arrivai au Central sans avoir pris la précaution de réserver. En terrasse, il y avait un monde fou. Et pas une table de disponible à l'intérieur. J'aperçus le vieil homme au loin, seul devant son assiette. Le maître d'hôtel, Christophe, me fit un signe – « Eh, mon lapin, par ici ! » – puis, opérant un tour de magie, il me propulsa vers une large table tout juste redressée près de la baie vitrée, non loin de l'aquarium grouillant de homards. L'air détaché, je passai devant M. Christian. Je m'assis et dépliai ma serviette, un peu gêné de me trouver à quatre tables seulement de mon personnage. Il y avait cependant tant de monde que les visages et les corps faisaient écran entre nous.

Pourquoi cette gêne ? Comment aurait-il pu savoir qu'il était au centre d'un roman *en train d'être écrit* ? C'était incompréhensible de ma part. Je cédai donc à mes rituels et commençai à prendre des notes en attendant la commande. À cette période, j'abordais l'un des derniers chapitres du roman, celui dans lequel Haxton prend congé des autres personnages, le seul chapitre où il croise son double, Allan Green. Je m'efforçais de ne pas trop regarder du côté de M. Christian. Pourtant – c'était inévitable –, je l'entrapercevais selon le mouvement des clients qui tantôt se penchaient, tantôt se redressaient. Une véritable chorégraphie.

C'est alors que se produisit le phénomène.

Levant les yeux, je constatai soudain que deux tables s'étaient libérées, au fond, du côté du vaisselier. Je n'allais tout de même pas demander à déménager pour retrouver « ma » table. Pourtant, malgré l'affluence, les deux tables demeuraient vides et bientôt deux autres clients se levèrent. Puis une autre table. Ça sortait ; mais ça ne rentrait pas.

Je me livrai à une prière intérieure pour que les clients me séparant d'Haxton restent sur leur siège le plus longtemps possible (« Allez-y, commandez encore du vin, du pont-l'évêque, du livarot, des desserts, ne partez pas tant que je n'ai pas fini mon dîner ! »).

Rien n'y fit. Je comptais les minutes, les secondes. Et voici que toute la rangée tribord enfilait des vestes ; et qu'à présent la rangée bâbord demandait l'addition. Bientôt, toute la salle du restaurant fut vide. À l'exception de deux tables : celle d'Haxton et la mienne. Nous nous faisions face, de chaque côté de l'aquarium, concentrés (sans le montrer) sur *la présence de l'autre*. D'une main discrète, je déchirai le coin de nappe noirci d'idées et l'empochai comme un voleur dans le silence revenu, troublé par ce moment qui était un moment de grâce : un tête-à-tête avec mon personnage.

Je suis incapable de dire combien de temps cela dura. Une vive émotion me paralysait.

L'instant inéluctable de la séparation arriva. Haxton se leva et prit sa canne. Il avait l'air fatigué.

Au lieu de se diriger vers la sortie pour sa promenade nocturne, il fit un pas pour s'enfoncer dans les couloirs vers l'ascenseur qui le conduirait à sa chambre. Il se retourna, me jeta un coup d'œil élégant, comme pour *prendre congé*, puis s'en alla. J'eus envie de me lever, de me précipiter vers lui, de le retenir pour tout lui dire. Je ne le fis pas. Je le regrette. Jamais je ne le revis.

En mars 2020, lorsqu'un grand voile noir recouvrit le monde entier et conduisit à un baisser de rideau général, M. Christian dut quitter le Central pour s'installer dans une maison de retraite toute neuve. Il ne le supporta pas. Son cœur lâcha.

La direction du Central a maintenant changé. L'ambiance, les repères ont changé. Définitivement. Mais *quelque chose* s'y est produit, de l'ordre d'une rencontre silencieuse empreinte d'éternité. Et quand je retourne au Central, je revois toujours avec une immense tendresse M. Christian assis à sa table. Son sourire éclatant efface les clients de passage arrogants, les touristes flous d'allure si ordinaire qui défilent désormais sur sa banquette. Il m'encourage à inventer d'autres vies.

Que ce livre lui rende aujourd'hui hommage.

Stéphane Héaume
Trouville, décembre 2020

REMERCIEMENTS

Ils vont d'abord à mon éditrice, Émilie Colombani,
qui m'a de nouveau fait confiance, et dont
l'enthousiasme, la vision et la rigueur
me sont précieux.

Ils s'adressent également à Luc Angelini
et Clarisse Gourdon
pour leur lecture attentive, leurs remarques et leurs
propositions toujours très pertinentes.

Je veux remercier aussi l'ami Thierry Escaich
qui a tracé sur la portée
les notes du thème musical
de Franz Schreker qui ouvre ce roman.

Mes amicales pensées vont enfin
à Hervé Van Colen
et à ses enfants, Arthur et Marion,
qui ont su m'accueillir pendant des années au Central
avec chaleur et bienveillance,
sans savoir que j'avais rebaptisé
ce lieu historique sur un coin de nappe blanche.

Gemma, tu m'as joué un mauvais tour.
Tu sais pourtant que, depuis vingt ans, tout ça n'aurait pas été possible sans toi. Promis, nous boirons bientôt ensemble, à Grinzing, un verre de Spielauer Wein.

TABLE

pca
cmb
édition pré-presse
livres numériques

44400 Rezé

Imprimé à Barcelone par:
CPI Black Print
avril 2022

Imprimé en Espagne